文化的森林

神农架速写

陈应松 著

海燕出版社

·郑州·

图书在版编目（CIP）数据

文化的森林：神农架速写 / 陈应松著. — 郑州：海燕出版社，
2023.4
ISBN 978-7-5350-8817-8

Ⅰ.①文…　Ⅱ.①陈…　Ⅲ.①随笔-作品集-中国-当代
Ⅳ.①I267.1

中国版本图书馆CIP数据核字（2022）第011806号

插　图：刘军辉
设　计：高　瓦

文化的森林：神农架速写

出 版 人：李　勇　　　责任校对：吴　萌　汪新松
选题策划：李喜婷　　　责任印制：邢宏洲
责任编辑：李喜婷　张满弓　项目统筹：刘　嵩　李玉凤
美术编辑：李岚岚

出版发行：海燕出版社
　　　　　地址：郑州市郑东新区祥盛街 27 号　邮编：450016
　　　　　网址：www.haiyan.com
　　　　　发行部：0371-65734522　总编室：0371-63932972
经　　销：全国新华书店
印　　刷：河南瑞之光印刷股份有限公司
开　　本：889毫米×1194毫米　1/16
印　　张：9
字　　数：180 千字
版　　次：2023 年 4 月第 1 版
印　　次：2023 年 4 月第 1 次印刷
定　　价：46.00 元

如发现印装质量问题，影响阅读，请与我社发行部联系调换。

目 录

诸神充满神农架 .1

高山水泊大九湖 .15

神农云海 .31

秋色神农架 .41

神农架梆鼓 .49

《黑暗传》与胡崇峻 .55

文化的森林 .63

神农架冬日记 .69

闲说吃在神农架 .79

神农架野山有茶魂 .95

花事片断 .101

林中速写 .109

神农架读碑人 .129

诸神充满神农架

记得小时候看过著名散文家碧野先生的一篇《黄连架》，我想象中的"架"，就是高山上的平地，种满了黄连。在神农架，叫"架"的地名不少见。架者，直上直下也，险也。传说，炎帝神农在此，为救天下黎民，想上此山顶采药，不能上去，只好搭天梯架而上。又传说，炎帝后来在此搭架设坛，驾鹤西去，成为仙人。"架"也应该有架势之意吧，说此山有威风凛凛之架势，如神农老祖，所以，此山为神山，国人必须朝拜。

神农架，是传说有野人出没的地方，这大约是神农架最大的"梗"。传说野人是南方巨猿和拉玛古猿的后代。鄂西人一般称神农架为南山，南山——南面的老山，有红毛大野人，两米多高，见人就笑，来无影去无踪，当地人称"野人家家"。照说，这些古猿后代应该都绝种了，只有一两块骨头化石；但如果你有足够的运气，你就会与它们相遇，何况声称见过野人的山民和游客也有成百上千了，更何况这里还有更多神奇的东西，有棺材兽、驴头狼、大癞嘟（巨型癞蛤蟆），有种种奇花异草，珍禽异兽，还有山精木魅。

不过，在这里，我更欣赏触手可及的大气蒸腾的景象。群山一眼望不到边，世界似乎没有尽头，思绪可以在更远的天空中起落。峡谷因为畸形发育而残损深切，可以看到两亿五千万年前至六千五百万年前燕山运动而导致的扭曲狰狞、褶皱断穹；可以看到第四纪冰川经历的刨蚀地貌和U形谷，巨大的冰斗、角峰、刃脊、漂砾，巨大的擦痕等；可以看见因为高寒而在湖北其他地方看不到的冰雪、雪线和凌柱、冰瀑；可以看见因地壳碰撞和挤压而产生的河流、瀑布；可以看见那些躲过第四纪冰川而侥幸存活下来的草木与鸟兽，那些鸟语花香，白云缥缈。

二十世纪四十年代，房县县长贾文治带了一干人马去探察神农架，当时呈给政府的报告《神农架探察报告》称：神农架"古木参天，翼蔽如城……浓林如墨，鸟飞难通……八月中旬降雪，翌年五月底始融，积雪山顶，达数月之久。且一年之中阴霾四合，罕见晴日。山顶常为云雾所笼罩，其土壤中含水分特多，故树上满生苔藓，如遇日光蒸发，瘴气时起，嗅之令人不爽"。虽然已够神奇了，不过我所听到的瘴气袭来时可不是这般文静模样。神农架瘴气如一阵飓风卷来，有感应的百兽赶在瘴气卷来的一刹那，疯狂奔逃，人若与瘴气相遇，则九死一生。有人亲眼见过瘴气在森林中卷来时天昏地暗、飞沙走石、百兽疯逃的阵势，可谓惊心动魄。

碧野的《神农架之行》中这样描述：

> "神农架可真是我们的万宝山！世上稀有的树，像马蹄光和珙桐，也出在我们这神农架哩！"
>
> "树木很多吗？"我们的木工师傅可感兴趣。
>
> "多啊，是我们华中的最大林区！要是用神农架的木材造百多丈长的大轮船，就可以造十多万艘！"老人眯着眼睛骄傲地微笑说。
>
> 我们都伸舌头。
>
> "最多的是冷杉，高得撑住天，木质细，坚实。"老人接着说，"还有银松、银杏、楠木、枫香、山毛榉、水青冈、鹅耳杨、铁坚杉、红豆杉、红叶柑檀……"

我们小时候听说的神农架，是有砍不完的树的。我们老家每一个单位，都有驻神农架办事处。干什么？买木材。木材在平原上是奇缺的。我见过从神农架运回的树，几十米长，几人合抱，一棵树打几套家具。

也是，中国唯一以林区命名的行政区，就是神农架了，大兴安岭也不能被称为林区呀。

我至今记得第一次到神农架时的印象：所有的树上爬满了青苔，滴着水，人们面目古朴，和善安详，仿佛是另一个世界的人。一棵棵野柿树上挂满了灯笼样的柿子，满山的秋天到处是大大小小的红果；在山上，草甸一望无涯，中间的箭竹丛一概呈长方形，且间隔几乎一样，就像是人工种植的。是谁这么种植的呢？大概只有神仙了。我的强烈感觉是：神农架是神仙居住的地方。我记得当时还信口诌了一首诗，如今只记得最后一句：天下最美神农架。

神农架究竟多美？你无论从保康进入，还是从房县进入，或者从兴山进入，一到神农架的地界，就会感觉到一种异样的气势。神农架那葱茏紧逼、高山大壑的氛围和气场，与其他地方完全不同，给人的精神能量完全不同，真可谓诸神充满。无论是春天去，夏天去，秋天去，还是冬天去，都有一股你从未遭遇到的、撞击心扉的神秘和宏伟气势。深切的河谷，高亢的群山，阴森无边的森林……就算如今有国道从中穿过，就算能见到大量外国游客，就算她在二十世纪六七十年代被开发砍伐过，就算她是如今人们常往的旅游胜地，是中国的康养胜地，每年夏天挤满了避暑的人，可她依然强烈固守着一种古朴，一种未被人惊扰的古朴，一种深藏的清洌洌、醇幽幽的气息，犹如她出产的"地封子"酒。

二十多年的热爱和贴近，书写和讴歌，行走与居留，缱绻与注视，我已知道了神农架的春天不仅"燃烧"着各种杜鹃，如秀雅杜鹃、毛肋杜鹃、粉红杜鹃、红晕杜鹃、映山红等，它还会开出野苦桃花、杏花、蔷薇花、山楂花、野樱桃花、野核桃花、蕙兰、春兰、扇脉杓兰、独蒜兰、独花兰、火烧兰、百合、商陆、飞燕草花、珙桐花。夏天盛开着马桑花、旋覆花、芍药、火棘花、桔梗花、党参花、倒挂金钟花、连翘花、龙爪花、醉鱼草花。秋天则是坚果、核果、浆果拼命成熟的季节，山楂果、五味子、石枣、火漆果、红枝子、四棱果、八棱麻果、野香蕉、老鸦枕头果、八月炸，给街头的人们带来了多少甜蜜和惊奇，连黏稠的蜂蜜也成担成担地挑上街卖了；人们的手上拿着一串串的五味子，边走边吃，还有那些成熟的新鲜核桃、板栗、榛子、松子。冬天呢，我知道冬天在雪线之上，无端地就会下起一阵雪霰，冰瀑在山崖上呈现出壮美的气势悬挂着，流泻着，那是一种凝固的美，到处是玉树琼枝，冰箸垂立；成群的金丝猴在翻着卷皮的红桦上向山下张望着，它们金色的皮毛如贵妇人的披风一样飘逸、高雅。到处云雾蒸腾，气象森严……

如今我已能听清各种鸟语：山凤、松鸦、苦荞鸟、杜鹃、算命鸟、爱啰嗦的强脚树莺、戴胜、白颊噪鹛，还有爱在溪边玩耍的北红尾鸲、白鹡鸰，美丽的红嘴蓝鹊、相思鸟、铜蓝鹟、酒红朱雀、赤胸啄木鸟、吸食花蜜的蓝喉太阳鸟；我看见过一

队队的红腹锦鸡从巴山冷杉林中穿过，在早晨的时候，它们跳起艳丽的舞蹈，高唱着"茶哥、茶哥"，这些林中的舞女，它们的叫声使山林变得湿润润的。我还认识了各种栎木、棠棣、水青冈、虎皮楠、猴樟、连香木、血皮槭、紫茎、华榛、鹅掌楸，翻着卷皮的红桦、沉郁的巴山冷杉林和雄健的秦岭冷杉林、铁坚杉、紫杉、红豆杉、麦吊杉。

我见过神农架的数十种云海，能说出她每一道峡谷的名字，每一条河溪的名字。充沛的香溪河源的水、神农溪源的水、六道河的水、官门河的水、九冲河的水、落羊河的水、野马河的水、阴峪河的水、宋洛河的水、青杨河的水……我如今常住香溪河边上，夜夜听着她不息流淌、不舍昼夜的水声入梦。这座大山为什么会涌出这么汹涌无尽的水来呢？这可真是个奇迹啊，这座山究竟有多么旺盛的生命汁液？可还有一些更奇怪的河水。红花的潮水河一日三潮，涨潮时浊浪翻腾，山呼海啸一般，这儿远离大海，这潮水从何而来？官封的鱼河，就是鱼洞，遇春雷滚滚之时，洞里涌出千千万万的长条鱼来，当地人称洋鱼条子，一律筷子长，无鳞。这鱼闻所未闻，书上未有记载，味鲜无比，且鱼腹中生一颗鱼虮，蚕豆般大小，民间认为能治食管癌，后来，生物学家研究出这是一种齐口裂腹鱼。还有那盛夏的冰洞、忽冷忽热洞、燕子垭的燕子洞，那些千千万万的海燕，为何在神农架大山里繁衍生息？

　　我认识了传得很神的神药：文王一支笔、七叶一枝花、江边一碗水、头顶一颗珠。我知道了金钗（就是石斛）的奇异和与飞鼠相伴的故事。林海、雪原、激流、高山，这些在我眼中不再只是眼花缭乱，而是一桩桩一件件能说出来龙去脉的五光十色。空谷有幽兰，深山藏俊鸟，越是深入，越是感叹神农架之神，神农架之美；多少未涉足的千沟万壑，峡谷中藏着峡谷，森林中藏着森林，该会有多少未发现的秘密。

　　这块被称为"中国大地的深处"的土地，在地质学上又被称为"中央山地"。她高过黄山，高过庐山，高过峨眉山，更高过武当山。虽然她只是谦逊地叫"架"，可这"架"却是在华中地区雄视一方、睥睨一切的巍巍高山。你可知道她是联合国教科文组织圈定的人与生物圈计划的成员，是亚洲生物多样性保护示范区，国家级自然保护区；你可知道他挂有三块以"国家"命名的牌子：国家森林公园，国家地质公园，国家湿地公园。

　　我还是抄一段关于这个神奇之地的介绍吧：神农架是全球性生物多样性王国，拥有被称为"地球之肺"的亚热带森林生态系统、被称为"地球之肾"的泥炭藓湿地生态系统和被称为"地球免疫系统"的生物多样性，是中国特有属植物最丰富的地区，是世界生物活化石聚集地和古老、珍稀、特有物种避难所，有维管束植物三千七百五十八种，野生脊椎动物六百多种，拥有珙桐、红豆杉等国家重点保护的野生植物三十六种，金丝猴、金雕等重点保护野生动物七十五种。神农架是世界级地史变迁博物馆，地表出露中包括前寒武纪、古生代、中生代、新生代的所有地层单元、地质纪年、山岳奇观、岩溶地貌和古冰川侵蚀遗迹，拥有中元古界、新元古界的标准地质剖面，古生代、中生代、新生代动植物化石群。其自然资源及其生态系统的完整性、原真性、不可再生性和不可复制性全球少有。

这个神秘神奇之地，等待有更多科学揭秘的一天。

有一种说法认为，神农架已开发的景点还不是最好的，最好看的是那些未开发的风景。但我说，神农谷的风景，金猴岭的风景，板壁岩、燕天垭的风景，也是绝无仅有。特别是神农谷，这个多次更名的地方——曾叫巴东垭、风景垭等——就是一处仙景，从上往峡谷底望去，石林已够惊心动魄，鬼斧神工，如果在峡谷中穿行，那又是一种什么感受？太子垭、金猴岭是真正从未受刀斧惊扰的原始森林，金猴岭的负氧离子每平方厘米达十六万个之多；飞流直漱，青苔肥厚，奇花异草，古木参天，在这里，你有可能与各种野生动物相遇。站在燕天垭的彩虹桥上，心事浩荡，群山欲飞，云海茫茫，尽在脚下……只不过这些景致全在公路边。而公路未通的地方，确有数十个比这些已开发的景点更令人叫绝的，比如，你知道宋洛河的惊险和峡谷的神奇吗？峡谷最窄处只有十几米，河里奇石遍布，水流湍急，吼声如雷；你知道还有一处当年仅次于武当山的道教遗址中武当吗？你知道白岩吗？那白岩凌空突起，像一组远古的城堡，气势磅礴；你知道下谷坪的"三十六把刀"吗？——三十六峰如尖刀刺天，让人震悚。你知道川鄂古盐道和坪阡古镇吗？你知道送郎山吗？你知道猪槽峡和龙溪瀑布群吗？你知道神秘诡谲的烂棕峡吗？龙溪瀑布有十几道，其壮观程度不可名状；龙溪村如世外桃源，深藏在猪槽峡与龙溪瀑布之间。而猪槽峡，本人为此写过一首诗："壮哉猪槽峡，美哉龙溪村，有此灵山水，三峡不足论！"我的评价是大三峡不如小三峡，小三峡不如猪槽峡。新华乡的烂棕峡因太深僻，也被称为神农架最后的秘境，传说那儿有"癞嘟"——巨型癞蛤蟆，会伸出长长的带毛爪子抓岸上的行人。一个在新华乡工作过多年的朋友，有鼻子有眼儿地对我说：烂棕峡的洋鱼条子巨大，催生子（飞鼠）红淌淌的；峡壁上一大片金钗神药，太险，打不到它，有一次六个四川采药人去打，只回来了一个人，其余的莫名失踪了。峡谷里的娃娃鱼一律金色，每条有几十斤重，里面的大山龟也是金色的，首尾皆头……在木鱼七曜峰七溪坪，有一个巨坑，坑内的绝壁上有三万只板斧鸟，此鸟凶残无比，嘴阔翅硬，无论什么鸟误入坑顶，便有铺天盖地的板斧鸟咆哮攻击，直到把它们撕扯得身首异处。而有人见过坑底森林中有巨蟒、巨蚁、野狼成群，它们在坑底已经生活了无数个世纪。巨坑正中央有一喷泉，泉水在喷射时，有通体透明的阴河鲮鱼随水冲出泉面。山民说，

每年农历五月初十清晨，坑底的森林就会剧烈摆动，有呻吟声、惨叫声传出，久不能息，十分磣人，一般人不敢靠近……

如果说神农架只有野人之谜，那就大错了。神农架除有传说中的棺材兽、驴头狼，还出现过鸡冠蛇、九头鸟。谁都知道在神农架逮住过几头白熊，我曾在武汉动物园看到过神农架的白熊。这白熊可是个怪物种，当地山民说，它是不冬眠的，还会学人类的一些动作。关于白化动物，除了白熊，还有白蛇、白林麝、白乌鸦、白金丝猴等。更玄妙的是，神农架还传说或发现许多红化和红毛动物，如红毛野人、红色大鲵、红青蛙、红蛇、红癞蛤蟆、红毛野猪、红狐狸等。照理说，红化和红色动物很难保护自己，是进化中最易被淘汰的颜色，但神农架却拥有这么多逆进化物种，不是奇也怪哉？也许，这儿就是上苍选择的大自然的诺亚方舟吧。这里有一千多种动物，其中哺乳兽类七十多种、鸟类三十多种、两栖类二十多种、爬行类四十多种、鱼类四十多种、昆虫类五百六十多种。美丽的金丝猴、白熊、金钱豹、青羊、鬣羚、野猪、黑熊、大鲵、金丝燕、白鹳、金雕毛冠鹿，在这里被护佑，被珍藏，成为人类对森林这个古老乡愁之地的直接怀念与触摸。

还有更为神奇的，传说这儿有麒麟、更有恐龙孑存。当年林区党办的老严曾送我一本回忆录《往事悠悠》，其中专章写他在六十年前目睹水怪的事——那水怪巨大，长着蛇头，或许就是水中的某种恐龙子孙吧；还有奇怪的树哼、山哼、地哼。我曾去过发生地哼的阳日湾，地下时常发出恐怖的哼叫。二十世纪九十年代，中科院北京植物研究所的几个教授在神农架发现一种怪光，亮如电焊，几个晚上围着他们的帐篷；那怪光忽东忽西，用枪打去却什么也没有。而听当地人说，这种怪光经常在山里出现。中国第一野人迷张金星，在回忆录《野人魅惑》中讲述了他在南天门多次看到，飞碟成群飞过神农顶……神农架千奇百怪的事儿，已经被我"魔幻"到我众多的小说中去了，但那也只是挂一漏万，九牛一毛。各种神秘神奇的事，在这块土地上层出不穷，每年都会有一些神农架的奇闻传遍世界，这些绝非编造。就像一首歌里唱的：神农架真是有点神。

历史上，神农架是虎狼横行之地，也是流放之地，避乱之地。因她正好是巴山与秦岭的交会处，所以又是巴楚文化沉积带的中心，秦、巴、楚和商文化在此猛烈地碰撞，产生了一种十分奇特的文化，这种文化遗世独立，被顽强地保留下来。因而，她的美不仅仅是自然生态之美，还有一种文化生态之美，是风光，也是人文。现在，这儿发掘出的神农架梆鼓，我们已经感受到了它的神奇魅力：这种用整木雕出的鼓，敲响之时，它的声音是如此深沉、厚重地向我们传来，它来自大山腹中，莽莽苍苍的森林中，就像神农架这座大山的心跳，让我们久久地激动和沉醉，我们仿佛听见了神农架遥远、神秘的召唤……

高山水泊大九湖

这是上天遗落的一块平地，并盛满了高山之水。在天气晴朗的时候，会有人遥指白云缥缈的那片大山说，在那上面，有耕耘和放牧的人，他们住在天上。但是有人会问：他们在那样高耸的平地上生活，人和牛会不会从山顶上掉下来？

大九湖在鄂西北神农架一隅，那里流传着"薛刚反唐"的民间传说，并说是薛刚反唐的秘密基地。历史上薛刚据说确有其人，曾辅佐庐陵王李显，他为报全家灭门之仇，参与了讨伐武则天。

这个传说充满了苔藓的气息。在莽莽的高山老林里，这片曾经虎奔狼窜、野鹿遍地的大沼泽，是一个川鄂古盐道的道口，土匪常在此剪径并筑寨。传说它是薛刚神秘的屯兵和练兵之地，也是传说中的野人出没之地。高寒山区的冷水鱼在这儿怡然自得，就像这儿的居民一样，谁也不知道它们是从哪儿来的。此地海拔一千七百多米，刚好在神农架雪线之上。如果有雪过早地到来，这片寒冷的区域就与世隔绝了，山外的人们不知道那里的人在漫长的冬天是怎么熬过来的，是生还是死。林海和雪原把他们湮没了，无声无息。春天湖面解冻，他们又会出现，和他们的渔船与牲畜，在那片野花盛开、碧水超然、童贞满地的地方打鱼放牧。

这个神奇的地域，被海拔两千八百多米的群山环抱，所有的地名也十分奇怪，一些小村落的名字为帅字号、一字号、二字号、三字号、四字号……九字号，十个依次排开，明摆着是打仗布阵用的，也像是营地。大九湖夜晚来临的时候，无端会有一种紧迫感。远处的草丛中牲畜和野兽疾奔，空气崩裂，湖水颤抖，喁语低嚷，像是有四野伏兵，一场烟尘滚滚的大战在即；接着雾气浮动，炊烟从林中和山坳里逸出，带着临战的警惕，悄然飘拂。

就是在这里，从四川大宁通往湖北或者更远的河南、陕西的川鄂古盐道，悄悄翻过川鄂边界的横梁山、五等垭子、四方台而来——四方台是一座奇特的像棺材的山。那些背夫，来到大九湖，放下几百斤重的盐包，在湖边洗一把脸，在山脚的大车店待上一夜，就像背夫的歌里唱的，在"油渣子一样的被子"里瑟瑟发抖。如果碰上风雪弥漫的冬季，在雪线之上的他们，向山下茫茫的雪野眺望，想念自己的家乡，在这高高的山上，会唱一曲辛酸的《背盐调》："……背盐的清早把路上，走什么三道沟、九道梁。菜子垭、田家山，背篓、打杵、脚码子响。长岩屋，烤干粮，大九湖里好荒凉。太平山上打一望，一望望到家门上……"

曾经被遗忘的、一眼望不到边的大泽，在夜晚翻出古老的泥沼气息，连它的植物都带着淤泥的气味，久久萦绕在山坳间和村庄里。它周边巍峨连绵的群山处在大巴山东麓，与莽莽苍苍险峻的秦岭相接，是这两个巨大山脉的交会碰撞地带，紧连现在的重庆二县——巫溪与巫山。在另一面，它的西北面，又与竹山和房县的大山相连，再过去便是秦风浩荡的陕西。它的"一脚踏三省"之说是有依据的。

说到我挂职神农架的那年七月，我和画家但汉民，民间文学家、搜集整理汉民族史诗《黑暗传》的胡崇峻，开着一辆吉普车，抱着两个西瓜翻越神农顶。到了海拔两千六百米的猴子石保护站，已经冻得不行，在那儿烤火吃西瓜。然后一路北行，穿过坪阡，到达传说中的大九湖。我记得那是一个无限安静的高山上的下午，一望无涯的草场，但我不想说成草原。那个夏天是再也找不出的安静，满地黄色的旋覆花、红三叶草、开着红花的江南蒿、开着白花的灯笼花迎接我们；鼠李和棠栎在远处的草地上，在浅浅的沼泽中摇曳；还有开着小黄花的独摇草，一茎直上，在无风的时候独自摇晃着，自得其乐。成群的猪和牛在那儿怡然游弋，当地的绿鸟鸡在草丛中到处乱窜。我们在老村长黄益成家吃饭。傍晚时分，我沿着牲畜踏出的小道去暮色中的草场散步，被人撵了回来。牛羊们渐渐模糊的影子急匆匆地往各自家中走去，牛铃叮当，几乎没有人。晚上我们盖着八九斤重的被子睡觉，半夜听到了山上狼的嗥叫声，月亮里孤鸟的影子像箭一样刺破这儿旷古的天空。

住在天上的人们和天上的故事其实十分简单，就是群山环抱，风动草伏。天空中只有云影和偶尔出现的盘旋的苍鹰。一团团像挤出来的泡沫般的云彩，从山顶出现，就像一个偷牛贼潜行而来。在长满野草的一些田垄间，还有人种植着苞谷、洋芋和荞麦，但田里的杂草比庄稼还要茂盛。

我一直认为在高山顶上的生活是充满遐想的，那里肯定与我们不是一个世界。我看到民国时期房县县长贾文治在《神农架探察报告》中这样记载："大九湖为川鄂相交之高原盆地，东西狭而南北广，纵横五十余华里，约计面积三万七千五百余市亩。乃巫、房、巴、竹行旅之孔道，为川鄂商业交通之要卫，地形超越，山水环抱，有控制川巴之优势。土地平旷，流水不通，浸酿成湖，不利农作……"我还曾读过一位当年剿匪老干部的回忆录，说他们当年来到这里，看到碧波荡漾、水草丰茂的湖边住着许多渔民；湖边生活着一种特有的野鹿，就是草鹿，双角直伸，重达几百斤，后因湖水消失，草鹿绝种；还有一种土鱼，钻进泥沼中，有土腥味；还有一种野生稻，碾出的米圆溜溜的，煮出的饭香味扑鼻……我喜欢这旧时大九湖的意境，沿岸的渔民和渔船。这高山上的渔家，他们向天空撒网，向白云捕鱼，这种景致何尝不是仙境呢？

一个巨大的伤痛事实是，二十世纪七十年代，有人觊觎这片湖泊湿地，为将这片湖泊湿地改造成"万亩良田"，当地出动数千人，开挖了盆地的落水孔，将湖水引入地下暗河溶洞。我第一次去的时候，水没有了，但"良田"却不长庄稼；因为这里是冰川遗址，湖底全是石头漂砾，沼泥虽然深厚，但在劳动力奇缺的情况下，荒草比庄稼长得更快。那些湖边的渔民和渔船不知去向何方，仿佛他们从来没有在这儿生活过。那时候，人们还没有意识到这片高山湖水的重要。不就是个天池吗？如果我们的古人将它命名为神农天池，而不是湖的话，也许会逃过一劫。但填湖造田的特殊时代需要，使得它成为被"杀戮"的目标，生态灾难就这样降落在这几万亩水域的高山顶上。

一直以来，让其恢复蓄水的呼声不绝。我在我的《夏走大九湖》的文章结尾写道："最好是采取措施，完全恢复她湿地的原貌——重新成为名副其实的、碧波荡漾的大九湖，这可能就将是国内已知的最大高山湖泊了。不过这只是一种怀旧般的憧憬，但，也许真有一天，它会变为现实，让神农架的雄峻和神奇，青葱和广袤都倒映在她的怀抱中，这并非不是地球的幸事！"

这一天终于来了，愚蠢的一页翻过去了。湖，又回到了群山的怀抱，大九湖成为了真正名副其实的高山湖泊和湿地。

我会被水俘获。这正是我一生伤痕累累过后需要静憩、摆脱、湿润和洗濯的地方，只是它藏得太深，太远。在极限的干渴和疲惫中，承受着山风与湖波吹过的幸福和晕眩，恍惚与感激。我现在想来，我是追寻这片雾中的风景而来的。水生雾，雾生景，那被雾霭紧裹的，与山相依的湖泊，有一种把群山推向很远的幻觉，所有落入湖中的山冈好像非常遥远，好像在云端，在心的私密处。

那些山各有雄姿，从水中看，似乎是从云上蹿出的鹿，正在草场上欢跃。而在湖的对岸，一些牛在深沉的雾气中哞叫，吃草，纯银样的波光围绕着它们。挂甲峰的影子是无比美丽的，这是我唯一能辨识的山峰，其他不知名的山峰有着不知名的美。雾气不仅在水面上，也在山间蒸腾，这让山冈浸润在水之上，浮着一般，摇晃着，沉入我们的冥想。山与水生成的雾气往往是蓝色的，你会很爱这种蓝，是一种混合的蓝，混合了天空、山冈、树木、湖水、水草和水汽的蓝。它太浓酽，村庄、田垄会洇成这种蓝色，像是一下子跌入染缸，小路、沼泽、奔走的牛群，全都掉入这种比梦游更不可思议的蓝色。这里是神话中蓝衣人的出没之地。天空从远处的村子上撕开了一条缝，就像破晓。永远，这片地方，都在薄雾中破晓。它是永远的早晨。

大九湖的晨雾大约是最美的，轻柔得像紫玉，云影和山影一旦明亮就会蹒跚坠入湖中，仿佛宿酒未醒。或者，干脆它们就是一整夜在水里浸泡着。一两株树很好奇，它们走近湖边，窥探这些山影的命运。结果它们探出头看时，发现了自己曾有多么自恋。它们搔首弄姿，陶醉在自己的轻佻中，和自己的影子调情。这个早晨多美啊，与山水的暧昧也有可能是一种美。

当太阳从山顶出来时，那些雾，就像一层乳液，给草场和牛羊们抹上一层柔软的奶油。雾是大九湖的魂，是这块湖水的精魂，是它点化这湖泊之美的神奇手印，是它袖筒里扬起的魔术的烟雾。雾使山冈、湖沼和树林的层次，在那薄薄的雾缕中被分割，被突出。水把山拉成一片一片的，就像那些会使各种中国画皴法的画师。有一些岸渚，恰到好处地伸进浅沼，把一簇簇棠棣、椴木、红桦、虎皮楠、水黄杨推到那儿，而这时，树和紧挨着它们的村庄无一例外地发白，像是被寒冷所照亮。那种光芒，带着纯粹的沉静，藏在山脚下，和雾一起浮起，一起盘旋上升，撑开雾，像是一场冬雪的传说。水与山的蓝色在这里总是饱满的，一致的，像是一个基因，一种遗传。

那些倒影，还是那些倒影，我不能绕过它们，我不能不与它们共恍惚，同沉浮。除了雾，大九湖的倒影是很值得留恋的。如果你恍惚，它会让你从沉沦中奋起；如果你凝神，它们会展翅飞腾，像诡谲的精灵。但是我们不可能没有这样一个易逝的和揉碎的世界，让水来处理这比现实更迷人的空间，深入到水的深处，稀释我们心中的沉重的阴影。山的纹理，树的繁芜，层次和节奏恰到好处，色块明朗，光线阴阳地切割顺着山的走向。这一切，水把它们接纳以后，成为另一个山与树的世界，在水的世界中，它们深情纠缠，融为一体，轻与重，妖与朴，真与幻，共同参与创作了一幅旷世的云水图景，也让山和树有了低头一笑，临风惊鸿的妩媚。

我最喜欢它的夜色，仿佛等待一个人终于尘埃落定。在天光的覆盖下，树和山的影子呈放射状，那些裂开的纹路千丝万缕，全顺着湖面游荡散发，像无数条游蛇钻进夜的睡巢，像天空中树状的闪电凝固在某个瞬间。

大九湖的星空因为水而气象浩荡，水天一体，遥相呼应。四围的群山似乎为星空腾出了一个位置，就在大九湖的头顶。这片天空的星星，正被群峰托举着，拱卫着，敬奉着。无数双宽厚的手掌伸向天穹。那些星光，宛如从群山的峡谷间射出的神秘光束，在天空中漫舞。我曾在一个夜晚遥望过大九湖的星空，眼里不由自主地潮湿。我们遭受过什么样的狙击、混乱和惊吓，挣脱出来，难得赶在一个万籁俱静的时刻与它们相遇？我们的内心有多么惶恐和不安，而星星压下了我们的惊悸。与你离得如此之近的水晶天穹，天上星光如絮，水中银河倒悬。我坐在湖边，沉默如亲人的星空就像母亲在村庄擎起的灯，守望着我，

引领着我，安慰着我。它们近在咫尺，有着巨大的瀑布般倾泻的温情。在这样壮阔飞腾的夜空，生命有一种青葱生长的力量，有穿行天地、阅尽风霜的惆怅与悲壮。在最黑暗孤独和寂静的地方，居然会有那么多闪烁的东西。哦，黑暗如此富有，如此奢华，这是你亲眼所见吗？夜空的鲜蓝色，是谁在擦拭它，搁在我们头顶亿万年了，依然没有一点陈旧感？这是何等高贵优秀的品质！

月亮突然间升起来了，碾盘似的，光滑、厚重、立体，大九湖遽然间变成了一块大浮冰，像是从大水深处冲上来的。尔后，它荡漾起来，细细的波纹，有着古朴的激情和敦厚的举止。那些荡过来的波浪，从四面八方赶来，从山谷里游来。神秘的水，像是大山聚集起舞的精灵，是野兽、草木、石头和雾岚的魅影。星星在向上腾起，水花在迸射，就像一万个女妖在夜晚的山谷里蹈浪沐浴。这也是山与水悄然交融的时刻，星与浪缱绻的地方，每天夜晚，它们的故事都在这片湖泽上演着。

不知怎么，我会忽然想到它的秋天。在时有雾霾的城市写着大九湖时，我对它的秋天有一种高朗的信任和寄托。如果我不歌颂秋天，我的内心就会开始寒冷，笔就会凝滞抽筋。我写过《神农架之秋》，我的热烈的文字足以抵挡一个又一个寒冬的欺凌。到了秋天，大九湖的水是一如既往的清澈澄净，像一位道行极深的高人谨慎地碧蓝着。群山之间，红叶泛滥，红色的火泼泻到湖面上，久不能熄。

秋叶红了的时候，太阳从金色的树丛间泼泻过来，打在湖面上，浪花在秋风的鼓动下卷起了高高的、火光熊熊的金潮。这是相当激动人心的时刻。云彩层叠振奋，迈向高山之巅。一会儿，在沉淀之后，湖上的红叶不知是谁抛洒的，竟覆盖了所有的水，遮蔽了天空，让天空在缝隙中穿梭，支离破碎。然后，它们将干干净净地等待着风雪的降临，就像就义那么悲壮无声。灯心草黄了，水菖蒲黄了，莎草也黄了，还有一些植物半青不黄。辽阔的草甸上，喧闹的夏日已经结束。细长柔软的芦苇，像深山中修炼过的女妖，昂着它们的头颅，撑着纤弱的躯干张望着，也绝望着。雪会来，沿着四山的峭壁，蹈着森冷的水，越过山壑到达这里。它们仿佛有预感，它们的身影那么疏寂寥落，把激情的一生耗尽了，向水而泣，摇曳着它们感人至深的白穗。

冬天在这片高山湖泊早早到来，雪开始播撒，湖边静悄悄的，好像听到了湖沼那荒凉和重创的呻吟。行人已经远去，他们曾经在这里留下的温暖心事，现在留给了风雪。我们的心也被吹裂。没有封冻之前，湖水格外汹涌愤怒，好像在流放的远方被吞噬和凌辱的呼叫。所有的树枝，脱光叶子的落叶乔木、依然青翠的常绿乔木和灌木，都还站着。波浪们兀自狂躁，无人理解的诉求和碾压声，一夜之间，就被残忍的冰冻住了，割去了它们的喉咙，暗哑得像来到世界的尽头。树枝镶嵌着晶莹

的凌皮，太阳恍然出来，树影斑驳，森林里的雪覆盖了大地的创伤。冰被阳光磨亮，山的光芒像新鲜的橘皮一样耀眼。但是到了夜晚，古老的冰在这片大湖中呼啸嗥叫，犹如荒兽。雪一层一层地堆积，不让生命动弹。那就在山民家里吃腊蹄子火锅，喝几盅自家酿的苞谷蜂蜜酒吧。大九湖的腊猪蹄太有名了，这些腌制过的，用松柏枝熏得焦黄的猪蹄，在火塘放有花椒的煨锅中冒着辣泡。门外明亮的雪原作为一只酒盅的衬景，是相配的。然后我们在风雪寂落和遥远的狗吠声中，在温暖如春的火塘边打盹。

春天里的花在这里太多，我不想过多地浪费笔墨描写它们。冰雪开始退却，蒲草从水中醒来，各种看似冻死的蕨类植物，苔藓——大九湖独有的泥炭藓、凤尾藓、赤茎藓、疣灯藓，开始复苏。金盏花、翠雀花、野罂粟、飞燕草、紫堇也开花了。抱蓝蓼、谷蓼、箭叶蓼和水蓼是这儿与菖蒲和莎草一起热爱湖沼的居民，它们从山外的春风里迁移来。红色的酢浆草、紫色的老鹳草，宽大的南方山荷叶，都在这大片的泥炭沼泽、睡菜沼泽、苔草沼泽、香蒲与紫茅沼泽中招摇过市，状如薰衣草的大片紫色的鼠尾，一串串冲天而起，把春天撑得如此蓬松多情，敢爱敢恨。木姜子黄色的花穗在灌丛上如锦缎般挑着，居高临下地笑着。动物会来到湖边喝水、嬉闹、搜索食物和交配。这是所有生命和爱情苏醒的季节。

在春雨中，一切都蒙上了忧伤的面纱。我尤其喜欢在没人的时候走上小径，谛听水中的声音，和被风无端叩响的波浪的嚅呔。那些异域的声响让我们困惑，许多陌生的事物和景色让我们敏感茫然，挑动着你清算世界粗暴伤害我们的过程。某个傍晚，风向我吹来的时候，灌木丛那树叶摩擦出的幽暗响动，好像古老幽灵的影子。咚的一声，它们又跳入这个越来越温暖颤动的湖里，内心的光亮总会独自临水闪烁。

"湿漉漉的孤独"，这是法国诗人克洛代尔使用的一个短语。因为大九湖柔和的抚摸，那些钻出水面的浅绿色的蒲芯和芦芽，和从山坡上滑下来的春风，那样清澈潮润，沁入灵肉。作为一个远行人和独行者，我一直追寻并热爱着这"湿漉漉的孤独"。我此时想起在早晨的薄雾中，湖边那个有着熠熠闪光的几户人家的村子，它的上空漂浮着漫长的烟霭。哦，山与湖的乐趣让人生情，这是上苍的慈悲。我渴望着有一天能够在这里傍水而居，在傍晚与那些消失的野鹿之魂相遇，躺在满天星空下，手中握着一颗捡拾的陈年橡果。

神农云海

　　遭遇神农架的云海不仅是在画片上，还在行程中。有一次过天门垭，明明晴空万里，上了垭子，突然云雾迷蒙，甭说看不见山了，就是眼前的路也不见，只好停下车来，等那云雾散去，人就像一下子失去了知觉一样，意识模糊，认知功能丧失，且有一些恐惧与惶惑。可见山上骤起的云雾是能打击人的思维的，并不如人们常说得那么美妙，比如腾云驾雾之感，对于我，从来就没有出现过。

　　那一年我冬天去往大九湖，路上雪有半尺深，在天际岭时，突然云开日出，群山浮在松弛的云彩上，如几个龟背。在我往远处眺望的时候，突然云彩变成瀑布，从远方向的一个峡谷倾泻而来，似乎听得到瀑布俯冲的轰响，这阵势真是撼人心魄，摄人心魂。同行的朋友说，这种瀑布云他几十年来也是第一次见。

　　神农架是云彩的世界，因为她蒸腾的大气，她壮丽的高度。

神农架云海中最神奇的是佛光，在天门垭和神农顶皆出现过。我在中篇小说《云彩擦过悬崖》中，借主人公苏宝良的口写过（其实是瞭望塔的守塔人老袁告诉我的）："一个早晨，万物覆霜，激流般的白云像洪荒里的大海，在咆哮，在翻滚，在往下冲刷，在驰骋，无数灰白色的鬃毛飞扬，无数条孽龙在搏斗。我看见远远的山梁上，一棵树蓦然冲出了云海，在无缘无故地猛烈颤抖、摇晃。就在这时，云海里突然出现了一座瞭望塔的倒影，这便是佛光。塔影呈倒形，于是沿着这佛光看去，好像云海打开了一道门，从此走进去，便能一窥这云海深处的奥秘！不过这佛光并不是每人都能一见的，有无数无数的偶然。群山像巨人沉浸在聚散无定的云絮里，它似乎在沉睡，又像在翻身，他想可能马上会有一缕光芒穿透过来，果然光芒就来了，从云隙间垂挂下来，在蜃气里飘曳着，群山的巨人拉开了他的蚊帐。佛光消逝了，而大地清气盈来，这样的感觉让你真的是欲仙欲神呢……"

在云海之上，不光有佛光，还有一种十分奇怪的云海巨泡。必须在雨过天晴之后，云海在你的脚下呈现出一展平洋的景色，那时，没有一丝风，世界是绝对静止的，这实在是太寂静了，也没有鸟叫，云海一动不动，太阳照射在这一览无余的云海上，连空气都似乎凝固了。这时，云海上突然凸出来一个巨大的气泡，它从云海深处钻出来，往上一冲，慢悠悠地破裂了，在破裂的

瞬间冲出一个烟圈样的巨大的圆环，那圆环又悠悠地往上浮动，最后消失了。而云海呢，又合拢了，又静止不动。过了一会儿，不经意在另一处，又看到了一个同样巨大的气泡，从云海里出来，又破灭了，又幻化成一个大烟圈。这样的奇景你必须在云海之上才能看得到，而且，多年才看见一次。那时候可能在云海下面正下着雨，上面的太阳照射得太猛，下面的气压产生一种蒸汽，往上冲，冲出云海，咚的一声破灭了。其实云下面下雨、云上面阳光普照的情景并不少见，可为什么不是经常发生这种大泡泡奇观呢？像这么静止不动的、绝对平面的云海，我在神农架时，在小范围里见过，在某一个山谷，或是某一面背风处，但没有见过这种神奇的气泡。这样的云海一般出现在冬天，冬天的云海是轻柔的，动得缓慢，像懒猫走过时的样子。而夏天因受暖湿气流和季风的影响，云海是流动的，变幻急遽，充满惊慌和朝气，诡谲和疯狂。

有一种云海，是永远恭谦在山尖之下的，它总是让山尖露出来，当地人叫它"云山"。它依山势高低形成，绝不淹没山尖；这是夏日神农架常见的一种流云，有风，无风，有雨，无雨，这云都留下一个山尖，从远处看，也就几米高的样子。当你看云时，云海里到处是覆碗似的山峰，巨人横卧似的山峰，好像水到了一定的水位，就不会再上涨了，山尖是浮着的，轻如匏瓠。

夏日的流云，又是对神农千峰臣服的一种云彩，因为夏日的山是有杀气的。我见到过一次万山覆没，而唯有一块稀奇古怪的危岩从云海里突出来，它并不高，它在山腰，为什么云彩无法吞没它呢？我看到在危岩脚下，小灌木们全都莫名其妙地倒向一边，露出莫名惶悚。等云海散去的第二天，我去了那块石头那里，什么都没有，它跟周围的石头没有两样，也并不突出，可为什么云彩那么怕它，不敢惹它，其中的奥秘真的是太玄了。只能说，这块石头有杀气。可是云呢，云也是有生命的，它并不是虚幻的东西，它生生灭灭，来去无踪，但它一样会有脾气、杀气、神气、怪气。

有一种云海，是在将雨未雨时，天上的云就下来了。是云，不是雾，雾是灰蒙蒙的，这云却是白的，纯白纯白。它们总是顺着山脊，一条一条地哗哗淌向山底，不断地滚动，像瀑布，一下子没有了，一下子又流来了。你永远也不会知道它们是从哪儿来的，为什么会有这么多云。是不是在隘口的那边，有一条云河溃口了？这云瀑跟云龙有相似之处，云龙是潜龙，它又怪了，它是从远处的山谷向近处潜游而来的，它摇头摆尾，踢踏着云雾烟尘，吞吐着万千气象，可它只流动在山谷的根部，它在山谷里与那峡谷的惊涛汹濬一气，鬼鬼祟祟，使你感到山谷的惧怕和险恶。在神农架的许多峡谷里，都传说有巨大的癞蛤蟆，有水怪，它们眼似铜铃，目光如电，伸出毛茸茸的大爪子，从深潭里跃出来要抓岩上行走的人，它们只要出现，便会妖雾

腾腾，黄烟阵阵，整个峡谷都是一片呛人的硫黄味，然后，一定是暴雨如注；只要你拿石头砸它，不出三分钟，冰雹就砸下来了，砸得你浑身伤痕，虽然那时候在百步之外还是太阳如火。而这云龙与它们有没有关系呢？反正，你对那些蹑足而来的云龙不得不生出敬畏，那些白色的精灵，会带来一股从山洞淌出的腥味，给人的感觉是黏糊糊的。

我还看见过一种云海，也就是当地人说的那种云山形成让山尖露出峥嵘后，另外会生出一层薄如蝉翼的云纱来，像一个玻璃罩子，罩住群山，它们呈弧形。有这样的罩子也一定是雨过天晴之后，而且你必须神清气爽，双眼明亮，才会看见那一层罩子如此严密地罩在山顶上，仿佛会有一只手把它揭开（那又是谁的手把它盖上的呢？），美人似的山尖就躺在那个透明罩子里。让她睡吧，这个睡美人。后来，那个玻璃罩子无形地消隐了，在更远的山冈又重新形成，就像跟你捉迷藏一样。

你别看这云彩无根无基的，软绵绵的，可它发起力来能变成树，变成漩涡，变成喉咙，千千万万的喉咙。我曾看到过云海里的漩涡，比三峡的漩涡大多了，哗哗哗哗地就漩下去，很深很深，深不见底。那不就是喉咙吗？那是云海的喉咙，接着你就会听见群山骚潮。有一天我真的听见了云潮的吼叫，是云潮，不是风，也不是树，它们往往向一个方向拉直了身子急驰，你看着看着，自己的身子都会倒下，整个群山飞速地往后退，云绷紧了弦，云在疯狂地射向一个地方，就像亿万颗流星，横扫千军。云的惊恐是可怕的，它们一定受到了什么刺激和惊吓。

而最安详、巍峨、瑰丽、壮观的云就是云林——它们突然站起来了，它们壁立千仞，它们也有强硬的脖颈和身子，跟神农谷的石林比，云林更高大，高不可攀，直指青空；它们大大小小，千姿百态。早晨起来，太阳像一张喝了蜂蜜灵芝酒的山民的脸，东边的远天和一条条的浓云与薄云交错横陈。浓云成为了赤金色，而薄云却是橘黄色，霞光轻歌曼舞地飘曳而下。这时候，云林就突然形成了，形成在山影的上面，你还以为山长高了哩，哪来的这么高的山呀，该不又是佛光般的蜃景吧？不是，是云，就是云，云被太阳染成了一根根高大的红柱子，它们像是石林，又像是一个从未见过的远古的城市废墟。看，在云林的最凸处，全镀成了泥金色，而烘托它们的山巅的锐齿栎、巴山冷杉树尖，也像一支支燃烧的火炬，光洁的，蛋壳般的奶黄色在云林的衬景里，使得那低矮的山峦上的灌丛似乎全在浑噩之中。这时石林更高，更冲腾，更红，你仰视它，你望着，看它们悄悄地、慢慢地变化，高的变矮，矮的变高，胖的变瘦，瘦的更瘦，然后，太阳成了白金，云林成了絮团，成了奔马或红色的败鳞残甲，满天飞散，而且，它们排列整齐，间隔相似，转眼之间，观云者的心境又不同了。

不过，有一种阴湿的云海让人生厌，它们是从山褶里、从山洞里跑出来的，带着苔藓、蝙蝠屎的霉味，它们凝重、湿漉漉的，你碰到它，头发、衣裳就会湿透；它们从山这边流到山那边，又从山那边流向山这边，把山谷一条条灌满。这云海一出现，那就是十天半月的连阴雨了。

最大的云海奇观是头顶上阳光刺眼，脚下的云海里雷声轰鸣，且下着暴雨——怎么知道山脚下正且雷且雨呢？那就得看云海了，如果周围的云海波涛汹涌，焦躁不安，起伏剧烈，就算是你没听见雷声，山脚下也是雷暴成灾之时。如果雷声大，你可以听到闷闷的雷声，像云海里有人推动巨石。不过，你是绝对看不到电光闪耀的。有一天大雨，一个从山上下来的人告诉我，山上焦晴焦晴。"山上晒脱皮，山下戴雨笠"，这就是神农架云海隔成的两个世界的真实写照。

"不知神农云，化作人间雨。"神农架之云，浸润了多少旅人，濡染了多少眼睛，肥沃了多少大地。她是幻想的巫师，山冈的魔术，天空的精灵。当然，那氤氲在缥缈之间的神农架的诸多传说，那在云彩下面生活和劳作的人群，才是我们感动的源泉。拨开云海，我们才会看到一种真实的生活，一种生存的奇观。贴近大地，倾听大地的声音吧，这才是最要紧的。

秋色神农架

　　我走进秋天的神农架山中，我心中满满的只有四个字：红叶沸腾。

　　这当然是在未雨晴朗的时日，空气中到处流溢着浆果灿烂刺人的甜味。当然还有不声不响变得结实、成熟的核果和坚果。说说浆果吧，浆果我见过的有红枝子、刺泡、蔷薇果、海棠果——金钟样的往下掉，红枝子一嘟噜一嘟噜。还有八月炸、老鸦枕头果、猫儿屎。还有野柿子、鲜红的茶果、猕猴桃。五味子也成熟了，那些乡下的妮子们提着篮子上街来卖，一篮篮整齐地摆在路肩上，粉红、大红，还有的带点未成熟的青涩，一串一串。来买的人，掐下一颗直接丢进嘴里，品尝后说："给我称两斤。"或者五斤。便宜，好吃，酸酸甜甜，和籽吞下。这可是盼了一年的鲜。在神农架，嗜好五味子的不乏其人，如本人就是。在神农架的头一年，我写过一首《卖五味子的小女孩》："卖五味子的小女孩／出现在／这深山小镇的秋天／那红艳欲滴的色彩／让我陶醉／五味子，酸酸甜甜的五味子／那就是你八月的脸……你也许是为了挣几个学费／也许要补贴家用／你一个人在山坡上蹚寻／采摘这热烈而又羞涩的果实／一个陌生的远客走近你／你用满满的一篮红色告诉他／山里的秋天熟了……"五味子真的很好吃，吃起来全是核儿，可你必须将核儿一起吞进去，这是消积化食治胃病的好药食。千奇百怪的野果在神农架太多了，一到秋天，就铺天盖地自己钻出来了。当然还有核桃、板栗、榛子、松子、锥栗。那种青翠无比的松果，剥开来，可吃到新鲜松子中雨露和云雾的芳香。我在长篇小说《猎人峰》中写过几句神农架秋天："向日葵黄喷喷的，苞谷金亮亮的，树木红艳艳的。山坡上果实呼啸，山谷里糖分汹涌……"

其实神农架的秋天是从第一阵秋雨开始的，是从河谷地带的苞谷林开始的。苞谷在八月下旬即黄了，不是那种收割季节的金黄，是一种气数将尽的萎黄。雨打在叶子上，加重了它的颓靡。往远山望去，水杉也好像黄了，在密匝匝的绿闪闪的灌木丛中，突然出现一两株红叶植物，红得怪异端的，红得怪磨眼的。烤烟人家的烤房里冒出了青烟。烟叶是青碧的，在这个季节，他们要加速让它金黄，变成金钱。山上的雨岚在向山中漫去，浸染出秋天的气色来。秋天对于收割其实是一种枯黄的心境，而秋天的幽灵为了慰抚大山，总会让它红一阵子，鲜红，金黄样的红。鲜红的大山是疼痛而壮烈的，群山因疼痛憋红了脸。秋和冬离得太近，秋想到冬就会瑟瑟发抖。它们争相憋着脸，红一阵子后，等待那风雪白皑皑地覆盖和欺侮。山是没有办法的，它可怜而悲壮地红一阵、白一阵，然后青一阵——由秋、冬到春，那就是春天悄悄来了……

但是神农架的秋天短暂而火热，一到了天晴——这样的时日总是很多，猴子的一声唤叫，天就扯开了阳光。在秋天，大龙潭的金丝猴也是美艳无比的，或者它们就是神农架秋天华美的象征，它们就是秋天的跳跃的精灵。它们金黄色的皮毛简直就是为了炫耀秋天而存在的，是为了渲染秋天，为了给秋天抹一笔梦幻般的重彩而出现的。在早晨有些清冷的阳光下，它们叽叽哇哇，通体透明，就像一团团霞光，一个个雍容华贵的金秋的音符，一个个金秋的注释。看那鸭子口、神农营和金猴岭的红叶，最让我惊心动魄，红得令人讶异无言，气氛令人神经错乱……那已经是高山之秋了，从低山向高山爬去的秋，烧红的秋，愈到高处和深处，就愈狂烈和响亮。那真是满山遍野地燃烧，树木层层密密，全拼命显示着红。而在酒壶坪一带的公路两旁，那些日本落叶松的阵势也十分了得。"在冬天里，她们落满了雪，像舞蹈的少女，展开玉色的裙子……"我在《松鸦为什么鸣叫》中似乎是这么写落叶松的。但秋天她们更美，美得只像她们自己……金色的空气中布置着华丽的大典……秋像无边无际的舞台，大幕拉开，即将上演神圣的乐章……这没有一点夸张，我在那落叶松的秋色里穿行，人突然变得高贵起来，仿佛不是在遥远的山野，而是在一个传说中的国王的宫殿里，四野静穆的金黄，犹如一个伟大的回忆。往皇界垭爬去的某一个拐角处，回首一望，那些树呀，那些叫不出名字但造型奇崛、美极的树，干脆就是一树树火焰，喷吐着秋天的狂情！它们是红枫？是鸡爪槭？是海棠？是乌桕？银杏？香果？杪椤？是所有该红的树。衬着它们的还有那红黄相间的黄栌，是结了小果的胡枝子，是开着蓝花的石泽，是路两旁一片一片的粉艳艳的打破碗花花。一只小巧的蓝喉太阳鸟从花丛中飞出来，它把小小的巢筑在这里，方便地吸食秋天喷涌的花蜜。在官门河，在九冲河，在六道峡，在香溪源，在野马河，在金猴岭，在燕天垭，那里的秋无一例外地浓烈火红，在深山峡谷间自我陶醉地燃烧，为秋完成最后的高潮，作为季节的总结，它们的表现壮怀激烈，慷慨高昂，尽职尽责。

我的朋友、摄影家老银有一幅作品《为看秋色入山深》，里面有一个背包客的背影，踏着满地的红叶，就像踏着秋的火烬，走在秋意喧闹却杳无人迹的荒径上。而他的四周，还有那头顶，则是蓬勃燃烧的秋的穹隆和环廊。像一个童话，这就是神农架的秋天；像一个故事，这就是神农架的秋天；像一种不可能的邂逅，像一段爱情的传奇，这就是神农架的秋天。

　　如果以个体显示神农之秋的壮烈，那就要数三里荒的那棵千年天师栗了。传说只有在月宫里才有此树，可神农架遍布这种树;它的果实又叫猴板栗，是一味中药，比板栗大，酷肖板栗。我从神农架三里荒带回几颗这种果实，种在花盆里，现已是枝繁叶茂，在城里扎下了根。在猴板栗成熟的时候，这棵千年天师栗就成了一树巨大的笼罩在村庄之上的火焰，日夜燃烧，灼灼如华，照红了三里、五里、十里之地。此言不虚。如果你去三里荒，远远地就会看到那棵冲天火树，仿佛整个村庄都着了火一般。如此浪漫的野村，如此撩人的秋景，该要积蓄多少力量，这片土地的深处，有着什么样的热力和生命的源泉！它把地心的、石缝深处的色彩和能量都吸出来，然后托举到天空，这种力量该是何等的伟大，何等的旺盛，何等的强悍！令人无法想象的生命表现的欲望和宣示，生命的歌唱与倾泻。只有神农架这片深厚的土壤才会孕育出这样的巨匠，如椽的大笔惊天地泣鬼神。处在这样的秋里，喉咙想吼，心扉想爆，所有的阴郁都会焚化为灰烬，冰凉的灵魂也会无端炽热。就是一个梦幻，一次献身和决绝，就是一场遭遇，就是一场舍生忘死的幽会，就是一次崇高的呼吸和神圣的祭拜。

　　而秋水，也是如此这般的缱绻和缠绵，它像雾色一样从山中流来，带着更奇艳的、陌生的、未见世面的红叶向下游流去。另一些红叶加入了这支漂流的队伍，斑斓的溪水，香艳的溪水，落英缤纷，将这场季节的流逝装饰得妩媚动人，姿影妖娆。它掩去了秋的伤感，秋的悲壮，像一支送亲的队伍，消失在时间的深处，变为瑰丽的怀念。看云岚轻柔如紫，看嫩寒纤弱似玉，还有什么比这秋的叮叮淙淙更令人肝肠寸断，更令人缠绵悱恻呢？

一个挑着浓稠蜂蜜沿街叫卖的山民，一群嗡嗡的蜜蜂跟着他。

一个挽着装满五味子竹篮从山坡下来的妮儿，爽朗明净的秋云跟着她。

一只从崖边土屋中蹿出的村狗，一望无际的苞谷跟着它。

一片高亢的群山和森林，一阵金色的风跟着它。

一道山溪，一片又一片红叶跟着它。

我只想用这四个字——红叶沸腾，来告诉所有未到过神农架秋天的人。我只想让这四个字像下滩远去的溪水，传遍世界。

神农架梆鼓

……黑夜的篝火是森林的精灵。我和叔叔敲打着梆鼓，大伙唱着歌："黑沉沉的森林呀，黑沉沉的森林，山高路又远啊，天连地，地连天，星星下面是深山大老林，住着我的父母亲……"

她疯狂地捶打着整筒的梆鼓，敲得山摇地动，森林、山、大地，都发出震悚的声音。她的脸在飞扬的头发中闪着蓝光，身体狂乱舞动，骨架子都要撕裂开了，身后的森林仿佛是个绞刑架，她在拼命挣扎。大家这才醒过来，于是一起狂喊："啊啊啊……"猴群先是怔住了，原地不动，后来往崖上跳跃，向后面退却。我看到，在火光中的花仙老师，嘶吼地唱着："黑沉沉的森林，黑沉沉的森林，山高路又远……黑沉沉的森林，山高路又远啊……"她的歌声像火焰翻滚，像火焰冲腾。

山冈横卧在那里，像苍茫的死神。她在反抗着……

那些巨大的猴子感到末日来临，开始逃窜，它们的脑袋被整麻了，那熊熊的火光中一个敲击梆鼓的山野女子，泛着绿光，好似大山腹中炸出的一个山妖，一个月亮山精。

这是我在长篇小说《森林沉默》中，描写守秋为驱赶大青猴，山民敲打着梆鼓唱歌时的情景。

梆鼓，在我们未发现它之前就已在神农架存在了几千年。在神农架山区，我见到过一些农家的梆鼓，那是一些与戏台上的梆子相似，但比之可大一两倍的、原始的、简陋的梆鼓，就是用木头镂空，用来敲击以驱赶野兽的一件护秋的农具。这当然是森林里的农具，深山老林里农民的工具。因为，每到秋收季节，也就是八九月间，苞谷成熟了，洋芋、红薯成熟了，猴子、老熊、野猪和其他野兽也下山了，成为一群群掠夺山民劳动成果的"悍匪"。过去山民们用铳直接怼它们，也有仁慈者用鞭炮，用锣鼓，用芒筒，也用梆鼓来驱赶野兽，保卫他们一年的收成。好的梆鼓是用一种夜蒿子木凿空的，这种木头发出的声音清脆、响亮、悠远。它应该是农耕文化与狩猎文化的混合体，是它们二者在神农架高山上独特完美的体现。

这种驱兽梆鼓，是如何成为如今具有强烈森林文化特质的

"神农架梆鼓"的呢？——这种具有表演性质的梆鼓，是对神农山区森林文化的抢救、挖掘、整理、恢复、再造的一个生动有力的例证。将整筒原木挖空，让它所敲击出来的声音，更加剧烈、雄浑、深沉、遥远、宏大，听起来就像是大山的心跳，直率地、粗暴地、夸张地表现出了神农架那种高远、神秘、梦幻的情氛和气势。这颗大山之心、森林之心，在那僻远的、沉沉的秋夜里有力地跳动。这种巨大的梆鼓，已经被人们所接受。不仅在舞台上，也在真正的护秋中使用，发挥了它喝阻野兽、保卫秋收的力量。

一九九七年，时任神农架宣传部长的戴铭先生，为了弄出一个神农架地区独有的文化特色的旅游演出节目，突然想到他在神农架木鱼坪山村的秋夜里听到的梆鼓声，于是把此想法告诉了费西鹏、吴承清、龚万文几人，于是四个人一起热烈讨论，一个以神农架山民守秋为特色的《野山梆鼓》，首次搬上了舞台，神农架的神奇农具——梆鼓，第一次以一种舞台艺术身份展示在人们眼前，华丽惊艳地转身。而那时演出用的梆鼓，是他们找了许多地方，找到了整筒夜蒿子木挖成的，此种梆鼓的声音实在是动人心魄，让人血脉偾张。它的旋律是由宋洛乡长坊村的山锣鼓《黄瓜花》演绎而来的。后来，林区政府组织省内外的专家，配合当地艺术家们，将其扩展加工为一台歌舞剧《神农架梆鼓敲起来》，该剧分为《神农》《野山》《天人》三个篇章，从历史文化、山野文化、人文特性,将神农架森林中山民的野性、粗犷、善良、坚韧、柔情,强烈地表现了出来。所有梆鼓都由一筒筒原木雕成,在台上几十个梆鼓发出的声音简直是古貌磅礴,声叩云天,从此神农架梆鼓闻名天下……

二○○七年五月十一日,一个雨天,我和准备拍摄我小说《像白云一样生活》的电影导演檀冰先生一行,驱车几小时来到了深山中的长坊村。我们终于听到了原汁原味的山锣鼓《黄瓜花》:"姐在哟园中哟摘黄瓜哟喂,郎在外面撒了一把沙啊,打掉了黄瓜花呀咦呀咦子喂咦呀咦子喂,打掉了黄瓜花呀。打掉了公花哟不要紧哟喂,打掉了母花呀不结瓜啊,要招爹娘骂啊,咦呀咦子喂咦呀咦子喂,要招爹娘骂呀……"它的旋律与我们过去听到的湖北各地民歌完全不同,与梆鼓所敲出的意境非常相配,我也就知道了创作者为什么选择这个旋律作为梆鼓的风格。此去的路上,陪同我们的神农架画家和文化学者但汉民先生就特别提醒我们,要听听山民们的高腔,这高腔是喊的,就像黄土高原上的秦腔。果然,我们听到了大量的高腔,民歌王王君贤和其他村民唱的《丁丁》《闹五更》《花树高万丈》《清凉伞》等,征服了我们。"清凉伞,绿沿边,幺姑娘打起进花园。进了花园收了伞,手搬花树把郎劝。扯起这条船,梧桐花儿鲜,狂风湿雨吹断线,奴的情郎可呀喂,蜜蜂嚷嚷未见面,把我的郎劝。你在我家玩,丈夫不喜欢,捏着鼻子哄眼睛,万般把奴看。把我的郎劝，探花的要几多，难比你和我，不缝衣扯裹脚，像奴有几个……""花树高万丈，搭起梯儿上，上在半住幺幺儿，抬头打一望，好花儿在顶上……"我看见歌手唱得头上青筋暴起，露齿袒喉，那个开阔，那个苍凉，简直是疯狂的发泄。称为山锣鼓的高腔，完全酷肖秦腔。这神农架高山本属于秦岭余脉，又与陕西相邻，其山歌中的秦风，高亢、悲怆、凄婉，如泣如诉，如果和着那咚咚的梆鼓，在深沉的秋夜里，这样的歌唱和敲击一定是会让人心爆裂的。

梆鼓声声，高腔沉沉，林涛阵阵，这神农架的秋夜，是多么壮丽魅惑。

《黑暗传》与胡崇峻

　　被称为汉民族的神话史诗的《黑暗传》是在多年前悄悄出版的，但当时在网上，关于它的消息却几近铺天盖地。其实，《黑暗传》虽在湖北发现，由长江文艺出版社出版，但接着就引起了海内外华人学者的极大兴趣，港台地区立马就出版了该书的繁体字版本，已经行销到了北美。在未出版时，台湾地区及海外的读者及学人均纷纷来信，向搜集整理者胡崇峻打听整理的进展情况。总算大功告成了，汉民族也终于结束了被称为"没有自己的神话创世史诗"的历史。

　　可以想见这本书对以后惠及中华民族子孙后代的意义吧。我们可以说，这本书是我们民族最早的"家谱"，是每一个中华儿女都应该知晓的事。当然，《黑暗传》是一部神话，神话任何民族都有，但这群生活在神农架地区的汉族人，却有着令人无法相信的想象力。关于洪水滔天的故事，或许大家都知道，洪水之后人都淹死了，伏羲与女娲兄妹成亲，成了人的始祖。但洪水滔天之前呢，《黑暗传》想象出了好多好多世纪，好多好多远祖:最早的可能是黑暗与混沌了。混沌有父母，而黑暗无母亲，他们把两仪化四象，四象又分开天地，天地有了日月星辰。天河中突然出现一虫，虫成了龙，这龙被五彩云包住，就是混沌。混沌的父亲叫浦混，母亲叫淄淏——你看连名字都写得清清楚楚，而且这淄淏与浦混还是母子。黑暗生黑蛋，黑蛋又生出众神祖，混沌就是从黑蛋中出来的。混沌从前有十六路——也就是十六支系，第十六支系的江沽出世后，才造水土……关于这个远古的家谱，让人看得眼花缭乱，它的无以羁绊的神奇想象力，真是让人叹为观止。相信每个读到它的人，都会被那绚烂恣肆的景象所迷醉，所倾倒，其文采甚至丝毫不比屈原的《九歌》逊色。

这本有着多个版本的奇书，谁是它的第一个作者呢？这肯定是个千古之谜。说它是一个千口相传、不断扩大和完善的体系，当然是正确的。问题是:如此丰富、壮观、文采绝尘的唱本，却流传和保存在荒凉、僻远的鄂西北深山里，这又是什么原因呢？看来，它就像那些珍贵的孤兽一样，只有荒凉与沉寂才是它生命的屏障。我读过之后的一个强烈感觉是:这肯定是楚文化中最伟大的宝藏之一——只有楚文化才能诞生这些伟大的神话，虽然它受了秦巴文化的部分影响。而且我相信它至少流传了两千多年，屈原也可能是受这些神话熏陶出的第一个诗人，且是《黑暗传》诗风的直接传人。

那么，作为这一伟大宝藏的发掘者，胡崇峻应该受到尊敬。这位衣着朴素、安贫乐道的搜集整理者，这位深居于大山中的伟大学者，为此书付出了他几乎一生的精力。在我与他的长期接触中，我发现他已经沉溺于此，无法自拔，他的整个生命都与《黑暗传》融在了一起。我在神农架挂职时常去他家玩，他住房条件较差，卧室门窗紧闭，发霉的空气令人窒息，没有玻璃的碗柜里跑着老鼠；皮鞋也从来不刷。他平时看起来蔫蔫的，抽着闷烟，神情极不自然，可是，只要一谈起《黑暗传》，谈起民歌，谈起民间故事，他就神采飞扬，妙语连珠。以他的才华，他可以成为一个很好的散文家和诗人，但因为一个偶然的机遇，他迷上了《黑暗传》，并且准备用一生把此书整理行世。

胡崇峻出生在一个武官世家，祖籍浙江，祖上在清代当过游击官，有一祖辈在定海当过骁骑尉；后家道中落，祖辈在四川贩骡马，之后便在神农架定居。为搜集整理《黑暗传》，胡崇峻不能顾家，两任妻子都离他而去。说到他第二任妻子，颇为传奇。那是他在武汉《今古传奇》杂志社改稿时，甘肃一位田姓作家（四川人）也在那里改稿，认识后视他为老乡，知道他的遭遇后，执意要将自己妻子的侄女嫁与他。有一天，田作家带着在甘肃农村当小学教师、颇爱好文学的妻侄女小胡出现在

胡崇峻的家门口。小胡二十岁，且长得漂亮，人既然来了，不娶也得娶。第二年妻子为他生了个女儿，但后来感情生变。据胡崇峻说，妻子还想要个儿子，但他第一任妻子已为他生了个儿子。语焉不详的他内心一定有隐衷，照我看，还是他太痴迷《黑暗传》，导致不修边幅，生活随意，渐至迂腐。

胡崇峻学历不高，肄业于房县一中初中；二十世纪五十年代末，他食不果腹，只好休学。他说从神农架的松柏镇到房县上学，一百八十里路，要过四十道水；鸡叫启程，晚上十点还无法走到房县。冬天涉水，冰凉刺骨，因此患上了骨蒸。他先当民办教师，后转正在麻湾公社教书，回一次松柏镇的家四十里地，要涉二十八道水，所以一个月才回一次。他在唐坊当民办教师时，见到一个丧鼓歌师曹良坤手中的《黑暗传》抄本，由此结下不解之缘。后来有一次，胡崇峻又在松柏镇敬老院张忠臣老人处，得到一本长达三千行的《黑暗传》手抄本，这是比较完整的抄本，手抄本以七字一句的民歌形式，叙述了史前至明代的重大历史事件，分为几大部分：天地起源，盘古开天，洪水滔天，再造人类，三皇五帝出现。关于《黑暗传》，神农架的歌师不唱全本，而且歌师死时，要将唱本带进棺材，称为"阴本子"，所以见到《黑暗传》完整版本的人非常少。胡崇峻将搜集的八种抄本，总计三万多行资料初步整理后，刊发在《神农架民间歌谣集》。华中师范大学的民间文学专家刘守华教授最先发现了它的价值，刘教授写文推介，后来中国神话学会会长、著名学者袁珂先生读到了刘守华的论文和《黑暗传》的片断之后，兴奋地说："《黑暗传》的发现是个新的突破，汉民族也有了自己的史诗。"

胡崇峻在专家们的鼓励下，数十年搜集整理此书，还包括搜集到《白暗传》《红暗传》以及与此有关的神农老祖的唱本，还有什么《玄黄传》《黑暗大盘头》《黑暗纲鉴》《混元记》等稀奇古怪的抄本，这些对于丰富他的整理本，都打下了坚实的基础。按他的话说，要研究整理《黑暗传》，必须弄懂中国的所有神话。

二○○○年，我在神农架挂职，时出版方赴神农架找到胡崇峻，在我的见证下，他们签署了出版合同。以后，胡崇峻又几次去武汉，修改敲定这本书。终于，这本五千余行的奇书《黑暗传》正式出版了。每一行都浸透了他的心血。须知，那些唱本多是残缺本，有的几百行，有的几千行，凌乱、重复、拖沓，就算梳理一遍也是艰难的。但我们如今看到的这部流畅的神话史诗，感觉却是一泻千里，神采飞扬，的确是一部艺术化的汉民族"家谱"，我们应该为我们伟大的中华民族而骄傲。先祖们开天辟地的历史真是荡气回肠，威风凛凛，壮怀激烈。我们除了感谢胡崇峻外，还应感谢那座默默屹立在远方的山——神农架，以她的忠诚保存了我们远古血脉的记忆，让我们的民族有了回忆的温暖，并将把我们世世代代紧紧维系在一起。

二〇一一年，《黑暗传》经国务院批准列入第三批国家级非物质文化遗产名录。二〇一六年四月，胡崇峻去世，时年七十三岁。我请朋友代我为他送了花圈，还写了一副挽联：搜尽神农大地笔下煌煌黑暗传，踏遍崇山峻岭心中灼灼荷马情。在这之前，胡崇峻眼睛已失明，瘫痪在床。我有一年去神农架时，大家聚会，他已经看不清东西，吃饭是别人为他搛菜。他去十堰做眼睛手术时，我也让朋友从武汉带去了我的一点心意，可他终究是眼睛未能康复。朋友说，他爱喝酒，过去当小学老师时，经济拮据，在当地喝的是酒精勾兑的酒，损害了眼睛，导致失明。

胡崇峻被誉为"中国的荷马"。荷马根据民间流传的短歌创作的两部长篇史诗《伊利亚特》和《奥德赛》，是古希腊伟大的史诗。荷马也是一位盲人。

文化的森林

　　神农架是一块在湖北仅存的神奇之地，这不仅仅指它在北纬30°文化圈中的神秘。古楚国曾被称为蛮夷之地，可如今荆楚大地人稠地密，已经被开发、被耕耘得无寸土清静了；而神农架却是最后一块真正具有楚地蛮夷特征的地方。因此，这是历史和自然赐给我们的一份遗产，楚文化的真正谜底，可能就藏在神农架，而且它雄厚的文化底蕴将会有力地滋养现代的我们。现代都市肯定不是我们人类文化的终点，更不是我们人类肉体与精神的最后归宿。我认为，人类是从森林中走出来的，最后将会回到森林中去。我们的文学也在古老的森林中，因为它有许多祖先的珍藏。

　　神农架地域神奇，它地处三省交界，又处在巴楚文化的沉积带上，巴、楚、秦、中原文化在此发生了奇妙的碰撞和糅合，形成了神农架独有的带着森林气息的文化现象。它被称为"中央山地", 又被称为中国"大地的深处"。在成都平原和江汉平原的夹击挤压下,它具有通透性,又具有顽强的密封性。通透性,是指它对外来文化的接受程度。据胡崇峻研究,它的民歌和传说,兼有南、北方各种特征,与周围如荆湘、四川、江浙等地的民歌、传说都有部分相似之处。密封性,是因为这里并非通衢大道,川鄂古盐道其实是一条秘密的私盐运输小径,或者说就是一条半公开的走私路线;在这条路上行走的各色人等中,许多人因为这样那样的原因留了下来,也把他们的文化留了下来。换一种说法,是把他们各自的文化悄悄地保存到了深山老林里。而这僻远老林之地,既是土匪啸聚的窝巢,又是难民、灾民、犯事者避祸藏身、休养生息之处。无论是贩盐,是剪径,是占山为王,是逃难避险,这里都充满着冒险性,使得这里有了一种归宿地和家一般的温存,又有一种神不管、庙不收的放荡野性,它组成了神农架独有的生活情调,生存风格,文化氛围。这种对神秘地域的探险,给我们文学的强烈刺激是显而易见的。文学需要这样独特的地域所展现的神奇生活,来冲击文坛的平庸。

这块地区的风俗习惯、生活场景、生存方式都与众不同。作为一种书写对象,一种书写方式,神农架有着无穷的魅力。原因就是它的历史,它的历史痕迹。比方说:我们在平原看不到废弃的老屋场,那些屋场旋即被做成新房或改成田地了。而在神农架的深山老林里,可以看见很多废弃屋场被森林掩埋,在苍苔之中，断壁残垣，没人理会。这些屋场都曾经繁荣过，而后来遇兵匪、洪水、泥石流、兽害，或是田地种薄而被遗弃。就是这些东西，给后人留下了太多的想象空间，让书写者尽可能发挥。

我们还可以在深山里看到许多古老的墓碑，这些在平原地区和其他山区也很少看到。因为它的封闭和山大人稀，遭破坏极少，这些墓碑蕴藏着更多的故事，包括神农架先民的迁徙史、奋斗史和文化史。它就是神农架的一页页散落在森林中的斑斑驳驳的历史书。我们在但汉民这位"神农架读碑人"的《神农架边游边话》一书中可以看到他为此付出的努力。在他的文章中，以及戴铭、陈人麟、易伟等人的大量文章中，我们都可以看到神农架人独特的生活方式，独特的习俗，独特的人生表现。无论是婚丧嫁娶、兵匪祸乱，还是耕作狩猎，在此都留下了明晰的和大量令人费解的遗存、故事、传说。这对文学都是极好的滋养，它甚至就是文学，是文学之魂。这里的民歌、传说，有着极高的艺术品质。我认为胡崇峻搜集的《黑暗传》，可能是屈原《九歌》《离骚》的源头，它的想象力完全不比屈原那些作品差。它们的共同之处是华丽飘逸、灵动飞扬，神奇浪漫，都具有强烈的楚文化特征。

神农架的民间故事中，笃信人一天有两个时辰是牲口，这样的人兽相融、人兽混杂、人兽一体的生命观，也是闻所未闻的；

还有野人的传说，野人是介乎于人、鬼之间的一种存在，它叫
山鬼、山精、山混子等，这正是这块土地、这片森林所孕育的
神奇思维想象；神农架地区的一百零八种酒规，也是这块高寒
山区生活的人为了对抗大自然的严酷，所创造出来的风俗奇迹，
他们将喝酒的仪式变成了一种精细的、复杂的生命体验；这里
的风土民情对文学的启迪是深刻的，它让文学变得十分丰厚和
深邃，因为，你要描写这儿的人们，你必须有十分丰富的笔法，
才能写出他们的真实面貌。所以，你的笔要真正深入神农架，
并不是一件易事。

　　森林使我们拉近与神灵、与自然的距离，并使我们融为一
体。森林文化在许多地方都有，在东北和一些少数民族地区也
十分发达。但是，森林文化一旦与巫楚文化碰撞，就会发生剧
烈的异变，更加风情万种，奇诡动人，也为文学廓开了一片璀
璨的圣地。我故乡的江汉平原，曾经作为楚地的中心，当然是
巫鬼文化盛行之地，可它是有局限的，在那儿并没有诞生足以
震惊世界的大文学家。可是神农架森林中的山川草木、烟云雾瘴、
珍禽异兽和它诡谲残败的地质地貌，参差的峰峦峡谷，多有人
迹罕至之境，无数不解之谜，这些在巫楚文化的晕染下，更显
出一片深厚的神鬼氛围；加之生存的艰难，路途的遥迢，森林
更成为了这种文化的聚集地、肆虐场。我突然想到，为什么是
屈原写出了《九歌》《天问》和《离骚》等篇章——他正是神农

架人，是大神农架地区人，秭归正在神农架的南坡。他只有在神农架这种森林文化的熏陶下，才会有如此神奇的想象力和飞扬灵动的语言驱遣能力。这证明，神农架的文化是能哺育大作家、大诗人的一种文化，它对中国文学做出了巨大的贡献。这是一口深深的古井，我们应在其中汲取无穷无尽的、源源不断的养分，浇灌饥渴的现代人，饥渴的文学。

神农架冬日记

　　我在这个世纪初的第一年冬天里，住在神农架的松柏镇。在十二月的一天，我去木鱼采访一个农民，在街上叫了一辆农用车，因为要翻过近三千米高的燕天垭，那儿大雪封山，路上有几尺深的积雪，司机问我，你敢不敢坐，我说你敢开我就敢坐，司机说你敢坐我就敢开。这是我第一次在神农架遭遇到如此巨大的风雪和困难。但我看到了神农架高山上壮丽的雪景，我看到的是雪和雾凇在群山上包裹住的一片片森林，是森严的景象。我第一次用"森严"形容雪景，是这一天神农架给我灌入的感受。原来，在这片山冈上，冬雪能有着如此森严的景观，直击你的内心，把这一望无际的纯白色的寒阒全部塞进你的眼中；万山空阔肃穆，却失血喑哑，风雪漫天飞舞，冰瀑如梦中城堡。这是一趟怎么样的征程，这意味着什么？至今我也没有明白。

　　冬天，对于神农架可能是休养生息的机会，森林黯淡，落叶植物全落尽它们撑了一年的绿色，收藏起激情和恣意，进入假寐。风雪封锁了一些村庄的消息，道路阻隔，炊烟告知外界，这里的生活在继续，人们坐在火塘边，烤食着土豆、核桃或者板栗。吃饭的时间到了，从头顶的熏腊肉上割下一块，丢进黢黑的、沸腾的吊锅里，再加几把菜园里摘来的翠生生蔬菜，加上调料，倒上一杯苞谷酒，开始了对冬日滋味的慢慢品尝，这也是一年辛勤劳作的酬报吧。

但森林里的生机是无限的，巴山冷杉和秦岭冷杉依然绿意森森，苍劲雄壮。这里的山岭依然走动着不会冬眠的动物，雪地上是它们行走的印迹。群山到处是闪亮的雪线。夜晚月亮露出来，像一个银盘，挂在山冈的天空，遥远深邃。森林有一种空旷的气息，在冬天开始的时候，空气干巴巴的，好像在晾晒。从树干间透出来的光，都被雾气捆绑着，草食动物们发出呻吟似的长哞，仿佛从躲藏中走出来，对月亮诉说一下心事；有一些不明的小兽，在树下的草丛里乱窜。夜晚的光是碎片一样的，飘落在空中，遮遮掩掩。

我在长篇小说《森林沉默》中这么写："神农山区的雪，像天空的盐场。霜失败了，雪和星光称王。松冠像凛冽中静默的马阵，带着远古争战的气息。云旗永远在峰尖飘忽，是风打散的云，向风飘去的方向猎猎展开它的旌旒。悬崖上的树有如玉雕，英姿卓绝。这些针叶树，从不惧现身，永远在高处，有着自己

的担当。在显眼的地方，它们冷艳，高傲，有资格孤高，有足够的形象为山峰代言，并成为山冈的旗帜，成为景色……"

我走进冬天的茶园，这里经霜过后依然是碧绿的，茶叶不会枯黄，不会凋零，茶花开得正艳，她在雪中的花瓣竟然是透明的。山麻雀像毛茸茸的玩具，它们有金丝绒般的羽毛，淡红色的头。麻雀也可以这般美丽。雪停之后，空气清朗，大嘴乌鸦在叫，但它战胜不了雪落的喜庆。两只锦鸡，在喊茶园里的"茶哥，茶哥"。看到了几只长尾巴鸟，这是红嘴蓝鹊，站在高枝头。山喜鹊哑哑地叫。一只红尾水鸲从溪沟里飞出，跳到一棵槭树上，鸡爪槭，尚有几片红叶在挣扎。至少一百种落叶乔木和灌木是红的，在茶园里，小灌木红得打眼，单独地红，孤零零地红。红的，黄的，细看叶子上生了斑，唉，悲壮的红。红是一种死去。轰轰烈烈地就义。雪与雾，让山冈蒸腾，峡谷像是一个巨大的工厂，在隐秘地开工。雪霁之后，蓝天开了一线，明晰起来的山冈上暖气往上翻卷，像是地底下冒出的一缕缕炊烟，飘然直上。最深的峡谷里，果然升起了炊烟，天色渐晚。鸟的叫声更嘈杂，冬天原来有那么多留鸟，和这儿的风雪一起欢悦，这真是一件幸事。

冬天的红叶没有任何炫耀，风雪来临的时候，再红的红叶也会剥得精光。村头的乌桕落下一地的桃形叶，在秋天它们还油亮油亮，小巧玲珑。黄栌全面零落，落羽杉保存着最后仅存的高贵与华丽。红桦的叶子被雪撸光后，衣衫褴褛，但小资们会剥下它，在这些红桦皮上写情诗和励志鸡汤。天师栗曾经大火一样喧腾，现在瑟瑟发抖。曾经红过的还有漆树、五角枫、小叶枫、烟树、羽扇槭、卫茅。雪一团团蜷伏在巴山冷杉上，雪松上，雍容大度，假装不冷。高山杜鹃是常绿的，不知为何一律蔫头耷脑，夹紧裤裆。海棠是高山海棠，叶子不红却落了，锐齿鼾栎也是。落了就落了，一身枝丫也好看，特别好看。板栗树、核桃树、忍冬、荚蒾、山茱萸、山楂、刺楸、粗糠树、白辛树，都落光了，赤条条的，所有的树枝都是一样的，黑瘦黑瘦，营养不良。它们遭受的凌辱是一样的。到了冬天，再美再珍贵的树，都会丑陋。连有些巴山冷杉和秦岭冷杉都枯掉针叶，像雷劈火烧过一样。只有到春天，你才知道它们并没有死去，还会生出青枝绿叶。假死，是一些树木的生存之道。当然还有一些土槲、鸦巴果、八角苘、猬实四季如春，冬天依然光彩照人，如鱼得水，但它们是一些灌木丛，不值一提。

冬天，早晨的森林有些阴郁。雾气黏滞，苔藓钻出地面，群山伫立，云海苍茫，河流的微光泛出林隙。太阳打在山尖，山尖雪迹斑驳。但横过山尖的一抹橙黄，连绵一片，是夕晖眷顾的。风雪让群山隐遁，是雪雾，不是云。云是一条一条，一线一线，一团一团，一堆一堆的。但神农架的云海在天晴时，无边无际。如果冬天你看到几座山尖浮在云海上，远远的，这

就是你冬天到神农架来的唯一理由。你可以在这儿看到高天流云，而且脚踏实地，不是想象。不用担心神农架的一切是怎么熬过严冬的，对于树、熊、鸟、蛇、石头、苔藓和蕨，熬过冬天根本不是问题。星星呢，萤火虫呢，飞蛾呢，都不是问题。冬天山上的事，不用多说。寒云历历，山风凛冽。

我特别喜欢神农架的天际岭。这是天际线，大地与天空的分界线。在冬天的某一天，我路过这儿去大九湖，看到了远处群山间的云瀑，在激荡流淌，向下冲漱，掠过无数山岭，这是我一生中最幸福的时刻。人在这样的高处看到如此宽阔横亘的云瀑，脚下崖畔是臃肿的积雪，阳光将我的影子投射在身后的雪地上，这是一幅怎样让人难以忘怀的场景。谁能在一个寒冷的冬日与这么多壮丽的东西相遇？

水瘦了，再也听不到哗哗的响声。神农架夏天丰沛的流水不知蛰伏到哪儿去了。水也许全变成了雪，在神农架的冬天，四个超大型的滑雪场全开足了马力运转，吸引那些想在林海雪原上飞翔的人。天燕滑雪场、国际滑雪场、龙降坪滑雪场和中和滑雪场。最大的神农架国际滑雪场的广告是这样的：感受浪漫冰雪，追求疯滑雪跃。这"疯滑雪跃"也是实话。但第一句把冰雪改成风雪呢？现在没有风雪，只有冰雪。风雪是生活，冰雪是享受。风雪是现实主义，冰雪是浪漫主义。风雪是过去，冰雪是如今。过去的神农架的冬天只有风雪，没有冰雪。可是我在前几年的一个冬天，赶上了十年一遇的暴雪，我兴奋地驱车去了青天袍，去看万亩茶园的雪景。但拍了几张，因为寒冷低温，手机便黑屏了。在神农架的冬天，你还是准备一个好相机吧，哪怕是傻瓜相机，也比手机强。

但是我听说的过去的神农架冬天，大雪一般壅齐大腿，山民多用箭竹自己做雪橇，在雪原上滑雪出行，那时候的冬天，雪线比现在低至少二百米，但现在的雪依然很大。公路两边，会看到巨大的冰瀑，这些冻住的水流，像是琼堆玉砌，是冬天的童话，给单调的山林色彩增添了一种高贵和魔幻的艳遇。积雪、冰瀑、雾凇、树挂，所有冬景的绝美标配，在这里日日可见，处处可见。

为了迎接春天，为了让冬天有激情和惊喜，山民们的腊月有大戏可看，杀年猪就是一场村里持续不断的嘉年华。山里的猪大多是散养的，也不缺饲料，一家喂几头猪很正常。神农架人有俗话说：穷不丢猪，富不丢书。山民视猪为财富，家家户户比着喂大肥猪，少则一两头，多则上十头。猪满地乱跑，叫跑跑猪。我多年前在《神农架报》看到有一家人家的母猪丢了，过了几个月，母猪回来了，带回了一窝猪娃，是与野猪交配的成果，就这么神奇。入冬进九宰年猪，寂静的村庄就出现了猪的热闹悲惨的嚎叫声。而一家杀猪，全村出动，帮烧水的烧水，帮扯腿的扯腿，帮翻大肠的翻大肠，帮整酒席的整酒席。杀一次猪，吃掉半边猪是常事。请客摆酒，款待杀猪佬，答谢左邻右舍的帮忙人。大块吃肉，大碗喝酒，大伙图的是冬天里喝好了，有一个春风满面的样子，大伙走出家门，相聚找个乐子，也有炫耀殷实富足的意思。家家杀猪，天天过年。

在神农架，十一国庆游客会遇到下雪很正常，而山里人在更早时候就燃起了火塘，也有叫火垄的，可以放七八尺长的柴，一次可添三到五根柴，要一直烧到来年五月。遇上喜事要烧大柴，过年烧更大的柴，叫烧年猪。"年猪柴"越大越好，有的长丈余，千斤大木。这是过去的事，叫"山下没柴烧，山上柴烂了"。这"年猪"大柴要烧到正月十五晚上，烧得只剩下最后一块火炭，主人就拿着这块炭双手抛来抛去，去驱赶狐狸、狼、扒狗子等野兽，保佑家人平安，六畜兴旺。抛火炭需要技巧，高手不会烧到手掌。这自然说的是过去，现在没人敢这么烧了，山民大多都没了火塘，森林全面禁伐，不允许烧柴，烧的是新式炉子，是煤。过了年，春天似乎是要来了，但神农架的冬天却不愿意匆匆走开，它们的寒意依然在森林中游荡，直到杜鹃花漫山遍野地盛开，把所有的寒气烧灼一净。

闲说吃在神农架

　　神农架是美食之地，山野中食材繁多，做法新奇，有古朴味道，有山林风格。神农架虽地处川、陕、鄂交界，但饮食更多有四川特色，神农架人爱吃火锅——他们叫锅子。锅子中都放有一些花椒、木姜子。有些还是神农架的野花椒，麻中略带涩。特别是欲熟不熟的花椒，一串串放入锅里，青翠欲滴，香味扑鼻。

　　在神农架，人们往返于乡镇、农家间，饮食多吃腊肉。多少年来，神农架人哪怕衣不蔽体，食不果腹，都要储存腊肉，叫"茅草屋里腊肉香"。神农架因植被丰茂，喂猪如喂羊，论群不论只，每家猪圈都是满的。我曾在下谷乡一户人家的阁楼上，瞧见了整楼堆的都是腊肉，楼下四壁也都挂满腊肉，估计有上千公斤。其中有的腊肉还听说是十年以前的。这肉吃不完，为何不拿出去卖呢？说得轻巧。长有寸多深绿霉的肉，谁买？再则山太深，到哪儿卖去？就算有经营头脑，背几刀肉到城里，肉卖了，来去的车费餐费住宿费也就抵消了。但近年随着旅游的兴旺，陈年腊肉几乎都被山南海北的游客给饕餮光了。

神农架一年四季吃霉腊肉，是否就得这个或那个病呢？没听说过。科学的解释不能硬套，其间总有些难解之谜。想来就算腌制了，但在火塘上方熏，或许是新鲜的松柏树枝，减轻了对身体的损害。就算长霉，也是深山里的霉菌，没什么毒害。二则神农架吃腊肉都喝酒，绝不是勾兑酒，是地道的苞谷酒，自酿的。蒸熟的苞谷加大曲发酵，然后上笼焖蒸，酒就从蒸笼底下的竹管涓涓流出，装入陶罐，封好后放入地窖或小山洞秘藏半年，再取出饮用，香气芳冽，谓之"地封子"酒。入喉爽滑，绝不打头，一斤八两，一醉即醒，无甚后劲。这酒泡了那腊肉，等于是杀了菌，因此腊肉无害。还有一种苞谷酒，叫"刀子烧"，八十度，点得燃火的，好喝极了，我喝过一杯，终生难忘。三则因为神农架猪肉是百分之百的绿色食品。这猪吃的是五味百草，其中有许多草药，猪便成了药膳猪，对人只有补益，哪有伤害？四则神农架人整日劳累，爬山攀岩，吃什么都很容易消化，排泄也快，身体强壮得可抵御任何病菌侵害。我甚至认为，几千年来都吃腊肉，他们的基因也与山外人不同了。

先说说在神农架吃农家饭。一般是腊肉土豆火锅，若是稀客贵客，便能吃腊猪蹄炖土豆了。腊猪蹄数大九湖的最好，因为大九湖是高山平原，草场几万亩，猪全是在草场放牧的，猪在草场上奔跑长大，因而蹄子味道极佳。有客人送礼，送两只大九湖的腊猪蹄，最有面子。这大九湖的腊蹄子，吃一次，想一世。腊蹄子火锅中除放花椒、木姜子外，还放一把紫苏叶子，再加点天葱天蒜（也就是野葱野蒜），味道就更绝了。这天葱天蒜在神农架可是俯拾即是，有一座山便叫天葱岭，山上全是野葱。长在如此高寒的山上，也只能解释是老天爷种下的。

腊肉有多种吃法，有几种令我难忘。一次是在木鱼镇一户人家里，吃腊猪尾炒黄豆。黄豆有腊肉味，猪尾有黄豆香，嚼豆干脆响亮，嚼肉越吃越香。另一次是夜宿一深山独户农家，第二天吃早饭，上桌的有一盘腊肉炒鸡蛋。这腊肉切得薄薄的，与完全不相干的鸡蛋炒来，加上一点香葱，其味真的没见过，陌生有味。还有一次是在去天生桥的路边，吃到的豆豉炒腊肉，是我印象最深的一次，肉好，豆豉好，加上一碟泡萝卜，什么样的山珍海味都不值一提了。我连要了两盘，也算得是饿怂了一回。

神农架炖腊肉都要放土豆，这土豆与我们常吃的土豆不同，是高山土豆，怎么煮都不糊汤，不"趴"，煮上几个小时还有嚼劲。腊肉火锅中放一些野菜也是蛮好吃的，常放的野菜有地白菜、川芎叶、蹦芝麻叶、藁本叶、山马齿苋等。

新鲜山笋焯一下，炒腊肉，比老笋干好吃，因为是时鲜，有刚下过雨的山林的味道。我还以为，小鲜肉不如老腊肉味沉。

神农架白蒿用面粉和了油炸，但我吃过腊肉煮汤的白蒿，白蒿汤浓绿，淡淡的中药味是一奇，但有腊肉为主味，蒿的清香在汤中浓郁勃勃。野菜鸭脚板，爱过敏的人不要食，会全身痒。有一阵在民间环保名人黄运国家，天天鸭脚板下火锅；山里满地是，茶园边、老坟脚最茂盛，自己采。马兰头也是，但马兰头要掐嫩尖，会生虫，采时要小心被不知名毛虫螫，会疼几天。马兰头开水焯了凉拌为佳。豆瓣菜在石头边生长，可食，可作盆景，有点像半边莲和火镰草，可弄一盆放在书柜上，长茂盛了可摘些吃掉。岩板菜比豆瓣菜叶子大些，形状有点相似，长寿菜下火锅或清炒都好。蕨菜嫩的好吃，嫩尖卷着，红色的，样子好看，但听说致癌，最好不吃。话说回来，蕨尖炒腊肉的确是美味，脆，爽口。折耳根，就是鱼腥草根，凉拌也是美食，可以顿顿不离，但听说也有毒。野菜中花椒叶下火锅，有一点花椒味。野菜粗糙的多，服油荤，大油后都会好吃，鸭脚板就是粗糙的代表，牵扯舌头，破坏味觉。薄荷叶凉拌，清热解毒。腊菜晒后腌制，也是火锅的底菜，山里野生腊菜多，成片成片。灰灰菜，炒或下火锅，味重的人爱吃。我特别向准备赴神农架的人推荐木姜子，又叫山胡椒，但木姜子这土名美。木姜子加鲜蒜捣过之后，盐腌一小时即可食。木姜子以两计秤，五元一两。腌藠头时，将木姜子捣碎后混合，放入碗中，再加适量的盐、辣椒粉、酱油、醋、芝麻油，搅拌均匀，半小时即成，就是一道爽口的菜肴了。

　　我喜欢吃高山冷水鱼洋鱼条子，第一次吃这种鱼是在阳日湾。洋鱼条子多煮西红柿，放上辣椒、蒜、生姜、木姜子盛于火锅，洋鱼条子不用煎，直接搁火锅里煮，这冷水鱼肉质细嫩密实，鲜甜沁心，汤更是好喝。说起高山上吃鱼，其实神农架溪河众多，冷水鱼多，还有现在不能成为食物的娃娃鱼。在没有保护的年代，神农架人一天在深潭里可以钓到上百条娃娃鱼。有用醉鱼草"闹"鱼的，鱼是麻翻了，并未死去。听朋友说，他们往往一条溪沟会"闹死"几百斤。还有一种在溪沟里的小鱼，一寸长，但不知学名，统称冷水鱼，在急流中生活，很容易咬钩。我看到有人一会就钓上来几十条，这种鱼做火锅，不能久煮，水开即食，也算得是神农架的奇特佳肴。

　　神农架的土鸡火锅有名，这土鸡是田家山土鸡，神农架的特产，个大，肉嫩，产双黄蛋。鸡也是吃了百草的，鸡味与城里饲料鸡大相径庭，也放土豆，用本地豆瓣酱炒后再炖。有一家土鸡餐馆是我经常与当地好友小酌的去处，什么也不要，就一只土鸡，再加些山菌、青菜、岩耳。三五好友吃后，也就百十元。逢有外地来客找我，也大多以土鸡待之，没一个不叫好的。不过当地有一习俗，鸡头需给贵客吃，因此一只鸡头奉去奉来，都不敢吃。你说我是贵客，我说你是贵客，颠来倒去后，鸡头沾了一桌人筷子上的口水，最后才被一致推举为贵客的人所接受，此乃一陋习也。还听说当地常用山牡丹的根和皮煮鸡，大补。

荞麦是很苦的。荞麦粑也是过去年代的一种食品，可我在神农架吃荞麦粑，却吃上了瘾。原来，神农架人对付此粑的苦自有办法，就是掺蜂蜜。荞麦粑端上桌，旁边放一碟自产的蜂蜜，蘸上去吃，甜苦齐攻，甜苦夹杂，虽然粑又黑又糙，但这荞麦粑是养生之物，特别是山里人劳动强度大，吃了经饿。

野花椒叶、花牛儿腿、川芎叶、山马齿苋、雪菜等凉拌和下火锅，怎么做怎么好吃。野菜味淳，都有一点怪味，吃过难忘。吃了野菜，其他种植的蔬菜就寡淡无味了。

再说一些野菜，野菜大部分就是中药材。神农架产川芎，我曾把川芎带回武汉盆栽。川芎也叫山鞠穷，活血行气，祛风止痛。川芎叶炒着吃或下火锅，味微苦，泡茶也是益寿之物，神农架人说喝川芎茶能百岁。蒲公英是常见野草，神农架的蒲公英叶子比平原的大，嫩，一看就可食（可食与不可食，真的一看便知，也是大地的暗示吧），且平原上的蒲公英叶毛糙。蒲公英凉拌，按神农架凉拌吃法，味与四川同。蒲公英土名婆婆丁，还叫尿床草，清热解毒，抗菌防癌。神农架的山马齿苋与平原上的也大不同，叶状不像马齿，像大狼牙，尖的，很大。山马齿苋凉拌、清炒皆美，有降血压、血糖、血脂的功效，可辅助治疗久居城市的肥甘之症。紫苏在神农架人家房前屋后都有种植，也叫桂荏，是神农架特有的香辛料，紫苏炖鸡、煮鱼，再加点野山椒和酸菜。火锅放一把紫苏叶就添味。炒洋芋片放上紫苏叶，味道怪好。神农架人家种了紫苏还泡水喝，可治胃病、镇咳。我吃过紫苏叶和面粉、鸡蛋裹浆油炸的紫苏面粑粑，神农架人叫斋菜。灰灰菜也是常见野菜，但神农架灰灰菜不仅凉拌和炒食妙，剁后拌玉米面做馍，忒好吃，过去是猪草，现在是佳肴，服香油，更服辣椒酱，这灰灰菜要常吃常嚼，可治口臭。

开发野菜，是神农架饮食的当务之急。神农架山高林密，物产丰富，自然山珍唾手可得。路边的贱草也是山珍，可食的野菜据专家研究达两百多种。药材更多，研究本土药膳也是一个课题。女性常在食物中放点当归，补气和血、调经止痛、抗癌防老。神农架党参称为"房党"，是名贵中药，补中益气，通便活血，煮鸡放点党参是大补，有头痛者吃一段时间便好。喝的茶有金钗，就是石斛，延年益寿。如果在悬崖上采到人字钗，则是大收获，一斤可卖两万元以上；但一般采药人会将这种钗放进自家的酒坛里，再加点蜂蜜，叫金钗蜂蜜酒，是第一养生酒。还有灵芝酒、当归酒、头顶一颗珠酒、还阳草酒、淫羊藿酒、五味子酒、党参酒以及老药工给你配制的各种药酒。在神农架吃饭，一杯杯上桌的金色酒、红色酒，色彩诱人，喝过满面春风，神清气爽。还有的采药人采到头顶一颗珠后，将天珠（药株顶上的）直接吞了，走路生风，身轻似燕。地珠（根茎）则泡酒常饮。

在密林中、草丛中、灌丛中、沟壑中，各种野生蘑菇、木耳、岩耳、树耳、灵芝也多，加上山民种植的，这些是土产大宗。几乎家家种蘑菇、木耳。我爱神农架土鸡炖干花菇，越炖越出味，连最后的汤汁也会喝完。神农架土豆也是我最爱，火锅底菜一定是土豆；还有炕土豆、土豆片、土豆饭（他们叫洋芋饭）。有民谣唱：烤的疙瘩火，吃的洋芋果，苞谷酒合着腊肉喝，除了皇帝就是我。

说至蘑菇，神农架人也叫它菌子，味鲜。据说毒菌更鲜，有的有致幻作用，我曾在《狂犬事件》里写过吃毒菌死人的事。在神农架山里，过去常有报道吃毒菌致死的。留守儿童、老人，大多不识毒菌，有一老太婆采了野菌子给孙子吃，老少都死了。像毒红菇，没经验的不好与松菌区分。致命鹅膏菌、长柄鹅膏、毒蝇鹅膏、黄粉牛肝菌有剧毒，但有的牛肝菌可食。神农架常见的毒菌还有褶黑菇、毛头乳菇、臭红菇、粉盖鹅膏、环柄菇、白毒伞、斑褶菇、大青褶伞菌、赭红拟口蘑、鸡腿菌。据说鹅膏菌特别鲜美，也许有毒的是味最美的吧。带粉的菌、白得瘆人的菌、彩色菌一概勿食。每年春天，采菇季到了，林区都会发布告到处张贴，毒蘑菇菌子都有彩图，告知人们不要采食。在神农架，好吃的野菌有鸡油菌、松菌、鸡枞菌、牛肝菌、小花菇、青头菌（像锈水的）、大红菇、刷把菌、羊肝菌等。春夏

多吃松菌，秋吃鸡枞菌、重阳菌（又叫雁鹅菌）。

神农架有一种石耳，很脆，下火锅超好。还有一种树耳，也很脆。就算是木耳，神农架木耳也因为是花栎木棒培植的，个大，肉厚，晒干后一小点儿，水发开就是一大朵，肥厚耐嚼。有一种地茵皮，雨后采，炒鸡蛋、打汤都好吃。我在农家时，吃过采来即用火烤的鲜菌，忘了菌名，但特别香。有一次我去太阳坪林场，工人工资低，多采野生菌补贴家用。职工宿舍前家家晒刷把菌，这种菌子晒时逗苍蝇，下到腊蹄子火锅里，比肉还鲜美。

神农架山里，生活节奏慢。因为寒冷，男人好酒，就找各种借口喝酒，于是形成了各种酒俗。在神农架做什么事都会喝酒。几个汉族大节喝酒不说了，起屋建房是山民头等大事，喝"安居酒"就有了名分。这建屋时间长，备好酒是大事。从请先生看风水、选屋场，到择吉日破土下基脚、架板、过桥、上梁直到入住，顿顿离不开摆酒。招待工匠叫"鲁班酒"，上梁叫"上梁酒"，落成搬家叫"乔迁酒"。左邻右舍、亲朋好友前来放鞭炮送恭贺，来了就以酒相迎。筵席分为"客宴""家宴"两种。东家会请知客专门接待宾客。"安居酒"要上的菜有四酥、清蒸洋鱼条子。

喝喜酒，喝满月酒，喝庆生做寿酒，喝抓周酒，喝接风酒，喝考学酒。大大小小的酒，男人只要想喝，都有理由，就基本一年上头泡在酒里了。

讲个有意思的酒——喜酒。新郎家接新娘头一个晚上，办酒要找村里的九个哥们喝酒唱歌，叫"陪十弟兄"，也称为"陪登科"，意思是你做新郎就好比科举得中。由"登科"新郎坐上席，十弟兄团团围坐，猜拳行令，纵酒放歌。席间必唱的令词是"门上一对竹，风吹花花绿，今年过喜事，明年娃娃哭"。菜肴有鸳鸯戏水、百合扣肉，谓之百年好合。在男方摆"弟兄酒"的同时，女方家里也要请九位与新娘同辈的未婚姐妹，设"姊妹宴"，谓之"陪十姊妹"。这些姊妹喝酒唱歌，多唱父母养育之恩，姊妹离别之情；歌声优美凄婉，如泣如诉，唱到动情处，大家泣不成声。在鄂西北地区又叫"哭嫁"，"一杯酒敬爹娘，爹娘空养儿一场。女儿长大嫁外乡，爹娘抛在干坡上。二杯酒敬哥嫂，兄妹从今分别了。堂上父母年事高，全靠哥嫂尽孝道"。还有"一对凤凰飞出林，一对喜鹊随后跟。凤凰叫得花结果，喜鹊叫得果团圆"，这是祝福新娘在婆家生活幸福美满。菜品有百合鸽子汤、鹊桥会等。

婚姻大事，旧时要有父母之命，媒妁之言，有查年庚、纳八字、过路、求允等一系列老规老矩，才能"看期"娶亲。娶亲的那一天叫"过期"。新郎娶亲走时要坐"上马席"，娶亲回时坐"下马席"；"下马席"前还要喝"挡风酒"，交亲前要坐"正席"，交亲时要摆"合欢席"，在此期间，中堂上一直摆有"合席"。

这些直到如今，婚筵酒俗，山民从来不省，礼数周到，叹为观止。

神农架人厚道，好客。最奇怪的是他们喝酒有一百零八种酒规。比如敬酒，有个人来给你敬酒，你看着他将酒倒入酒杯，他一饮而尽，然后你再看着他将酒倒入他的杯中，将杯子放到你面前。这是什么意思？就是要你用他的杯子将酒喝干。你还没喝，一桌人都说给你敬酒，都将酒喝下，再用各自的杯子倒满，放到你面前，你面前马上摆了一排杯子，你必须一杯杯喝了。这种敬酒方式，在全国是独一无二的，这种敬酒很容易喝醉。比方喝过一巡，桌上有十个人，你必须喝十杯，还加上自己的酒"门杯"，就是十一杯。酒过二巡呢，又是十一杯。三巡呢？不敢算。我刚到神农架去，觉得不解，后来终于明白了，这是因为深山老林，过去有土匪下蒙汗药，你喝下，再用你的杯子敬酒给客人喝，这表示这酒我没有下毒，杯也没毒。客人喝干，可将杯再斟满还给对方，这叫"回杯"，这是回敬反击的机会，而且机会平等。另外，给对面或斜对面坐的客人敬酒叫"对面笑"；主人如果先喝一杯，再按座次轮转叫"转杯"；大家一起给一个人敬酒叫"放排"；客人敬酒时，再把他的门杯斟满叫"添财"；你如果将"门杯"和别人的敬杯喝了斟满依次往下传就叫"赶麻雀"；隔一人敬酒叫"跳杯"或"炮打隔山杯"；客人喝得慢，没及时还杯，另一个人又来凑热闹再给你敬一杯叫"催杯"；几个人约好同时和另一人一起喝杯酒叫"抬杯"；

还有"左右杯""同凳杯""转弯抹角杯""急流水"等。更奇怪的是，你喝酒时洒了一滴要罚三杯，喝酒不得屁股抬起来，就是不能起身，这表示对别人的尊重，只要抬屁股就罚三杯。还有一个奇怪的酒俗，你进了山民家的门，人家给你端来一个杯子，你以为是茶水，仰头就喝，一定会后悔，因为那是酒。进门一杯酒，没有茶，这酒叫冷疙瘩酒，也叫冷酒。喝了冷酒，马上正餐，是喝热酒。喝过之后，不让你走，要在他家过夜，主人会强行把你的鞋脱掉一只，藏起来。你只剩下一只鞋，无法走路，只好待在他家，明天吃了饭喝了酒再走不迟，这叫"脱鞋留客"。说到喝热酒吃饭，你在吃饭时，山民家必有一人盯着你的碗，一般是女孩，在你吃到还剩三分之一时，就将你的碗抢去，你说还没吃完，但她不管三七二十一，就将你的剩饭倒掉，再给你添一碗新饭。这表示是对客人的热情，不能让你吃饭现碗底，这是不礼貌的。什么叫酒足饭饱？在山民家，你一定是酒足饭饱，而且酒与饭一定要过量，这样山民才觉得没有亏待客人。

吃在神农架，不是一句空话。到过神农架才知神农架的美食。而且，你只有到过神农架，你才配说你是真正的美食家。

神农架野山有茶魂

　　神农奇峰茶、绞股蓝茶，还有青天袍茶、神农奇雾茶，都喝了有些年头了。在神农架红花坪村黄运国家，我帮他采过几次茶，还写过他的茶园。神农架茶是高山茶，仅是炒青，就可泡五六泡，其他的芽茶就更好，还有白茶、红茶，野茶、杜仲茶、百草茶。神农奇峰茶形尖削似剑，犹如奇峰，便有了奇峰名；这是神农架最好的茶，色泽翠绿，白毫显露，气味清香馥郁，汤色嫩绿清澈，滋味醇厚甘爽，叶底匀整明亮。神农百草茶源自神农架数千年的药食两用配方，茶叶之外，加入松针、红景天、杜仲雄花，都是百年古生植物。而神农架野茶，是神农架作家韦群送我的，是真正山间的野茶，自己炒制的，味醇重，有神农架大山的气质。

　　读到"野茶无限春风叶，溪水千重返照波"，想到野山的野茶，不觉又一个采茶季到了，又是"春风啜茗时"。人多怀春，盖如今世态寒凉，冬去春响，润雨一夜，看东风千树。而在城里触春却非易事，满目依然灰色，四季红尘暴土，何处有古道远芳，何处见寒木初芽？春消息只在山野间，轰轰烈烈，兀自燃烧。好在，神农架友人又从山中寄来新茶一盒，于是急不可待拆开，取少许放入杯中，开水冲泡，于是焙炒的春色醒来，杯中春涛骤起，支支绿芽凝翠，清风溢香。春晓雀舌鸣，碧峰青烟染，顿时心高神旷，魂飞山野。一杯茶，就这样把一座山，一道泉，一畈春，一个艳艳四月推到我面前。到处是川谷飞岚，云奔雾驰，流水淙淙，新叶爆绽……茶确是山之精灵，春之信使。

茶诗我多不喜，却记得胡崇峻的一首采茶诗："山姑采茶负篓行，老农焙茗带雾蒸。氤绿香溪一杯水，分来长江万里春。"

香溪水常流如碧玉，出自山间，沛然狂肆，水质甘洌，还因为香溪有香魂昭君。神农有茶祖，茶祖者，炎帝神农也。陆羽《茶经》中说得很清楚："茶之为饮，发乎神农氏……"传说是这么说的，炎帝神农为给人治病尝百草，一天，神农在采药中尝到了一种有毒的草，顿时感到口干舌麻，头晕目眩，赶紧找一棵大树，背靠坐下，闭目休息。这时，一阵风吹来，树上落下几片绿油油带着清香的叶子，神农随后拣了两片放在嘴里咀嚼，没想到一股清香油然而生，顿感舌底生津，精神振奋，所有不适一扫而空。他好生奇怪，于是，再拾起几片叶子细细观察，发现这种树叶的叶形、叶脉、叶缘均与一般的树木不同。

神农便采集了一些带回去细细研究。后来，就把它命名为"茶"。神农架正是神农氏搭架采药尝百草的地方。而胡崇峻在神农架搜集的民间故事却是这么讲的：有一只专门为神农尝药的药兽，一天吃了巴豆果屙痢死了，神农就把它放在一棵青叶树下。过了一夜，这药兽却活了，原来是那青叶上滴下的露水滴到了药兽嘴里，解了毒。神农把那青叶放在嘴里细嚼了一遍，觉得又解渴又提神，就知这是好东西，便教百姓栽种，用此嫩叶熬水喝解毒，这就是茶叶。神农架有一首民歌这样唱道："茶树本是神农栽，朵朵白花叶间开。栽时不畏云和雾，长时不怕风雨来。嫩叶做茶解百毒，每家每户都喜爱。"传说归传说，如今果然在神农架发现了古茶树，在青天袍，在三堆河，发现的古茶树达三亩之多。神农架因山高雨足，云雾缥缈，净出好茶。

说茶"发乎神农氏，闻于鲁周公"，神农架之茶，照我看与鲁周公似无瓜葛，那是另一支了。炎帝神农在此发端，自鲁周公之前，我荆楚之乡虽被北方或江南视为蛮夷之地，喝茶种茶的历史比那个鲁周公都早，应是茶之正宗，发祥之地，自成体系，自有品性，这是没有疑问的。古人说喝茶"一碗喉吻润，两碗破孤闷""三碗搜枯肠""四碗发轻汗""五碗肌骨清，六碗通仙灵"，还有什么附灵性之说。要我说，"通仙灵"也好，"附灵性"也罢，我神农架十万大山之茶，有她山野之气，莽林之魂。江南茶的细雨微风，残月纤影，委腻之态，绝不是神农架的风格。"从来佳茗似佳人"，这只是醉后苏轼的戏言自慰。神农架大山之茶，绝不忸怩作态，养的是浩然之气，通的是天地之灵。山品既高，茶品不得不高。此中茶有野劲，高山流水，松风浩荡。品这里的茶，品的是味，提的是神。当今人六神无主，被商品经济折磨得气血渐衰，心如火宅，谵语连连。世道如此狂乱，茶如何还是佳人，让你放松警惕，沉溺温柔之乡，声色犬马？要壮阔你胸襟，重振你魂魄，让你汲纳天地精华，山川雨露，林涛水吼，剔除浊恶昏慵之气，升华你山高水长之情。若论有梳理之器，澄清之法，神农架的高山茶就是佳选。

喝出茶的野韵，当然要野山之茶。可让杯中群龙竞舞，松雪万点，高香喷薄，正是山野深林的神韵，大千世界的绝饮。李白说，"茗生此中石，玉泉流不歇"。石中茶有玉泉声，说的是有什么样的环境，生什么样的茶。我在神农架神游写作多年，深爱此地茶，喝后腋下生风，胸有大壑，笔飞语烫，双目清澄无翳。神农架茶是挟了千钧的绿潮，汲了万山的香魂，其沉雄静壮，遒劲旷远无他茶可比也。

野山出好茶，神农有茶魂。

花事片断

……我采了一簇茱萸花，这是一簇怀念故人的黄花，辟邪的花。我采了耧斗菜花，紫色的花瓣包裹着白色的花瓣，还有黄色的花蕊，如此的造型好有剑胆琴心，而且它每个花瓣都是漏斗样的。我用血浇它。噢，白鹤梅，我看到这么漂亮的花，小心翼翼像绢丝一样的花，能不能不这样香呢？那些疯长的铁线莲，吊在崖上，那么惹人怜爱，生怕它们从崖上摔下来了。它的白花是一个寓言，它圆突突的花蕊和四叶花萼，是与雪争白的勇士，它叫"雪里开"。我够上去采下，我又踮着脚用血浇它……这里，蓝星花是误入凡尘的小仙子，但它依然是仙子，它现在在天上，它本来就应该在天上。它蓝得那么羞怯，在露水中不堪重负，这蓝色的裙边夹着的五星，谁让你这么朴素，仙子呀！旁边还有它的蓝色姐妹蓝雪花、蓝铃花、蓝雀花、翠雀花、倒提壶花……

看，紫堇，你攀附在石头上，断崖上，草坡上。层层叠叠的紫堇，十朵小花，妖冶着你烟斗样的花舌。韭花白色中的蓝脉，是神明在你的花瓣上镶嵌的一条蓝色小溪，是神明绣出来的。红色中的紫脉，蓝色中的白脉，你这猸子精一般的花，我多洒点血在你的根须吧……

西番莲的花是智者设计的，有着智能时代的繁复，红色如血的花朵，这还不够，顶着丝状的花冠，像精灵们的幻手，然后又顶上三个裂柱和五个花萼，就像远古华贵的皇冠。西番莲，你这魔幻之花，一定是神明设计的最精巧的花。

独兰总是张着双翅，好像有着它的驾驶舱室，向着可能的目标飞行，这紫色的飞行之路。柠檬的花是不酸的，蜜蜂频繁光顾着它大大咧咧的花瓣，它像一个快人快语的女人。来吧，吃我吧！

呃，鹅掌草、大火草、打破碗花花，这些近亲的植物和花朵，都是靓丽的风景，成片开放着，挑着长茎的花朵，漫坡流淌……

倒吊金钟花是花中的蝙蝠，它头向下倒挂着，就像一个女子挂上满枝的风铃，叮叮当当的响声在花丛中响起。朱顶红、龙爪花、石蒜、彼岸花，这些庞大的石蒜科家族，花开似火，花放如剑，如春天的彩火，如花炮，射向大地的眼帘。

忍冬花忍受着冬天，可它是花树，当它开放，就是无数的白色鸟群聚集在枝头时。飞燕草花也是满树一串串小巧的紫色

"鸟"。但珙桐花却是珙桐上歇着的一树"鸽子",是神农架最美的花,一到春天就张扬着翅膀,在春风中振翅欲飞。这些白色的精灵,白色的"神鸟",是被何人系于此树,翩然飞荡?

橘花有浓郁的香气,有硕大的果实,树叶都是橘子的气味。茶花在冰雪中盛开,近乎透明,就像一朵朵冰做的花。

菊花是一个太大太大的家族。雏菊是暖融融的地毯,千里光、香菊、秋菊、蒲公英、天人菊、金鸡菊、风毛菊、狗娃花、刺冠菊、旋覆花、矢车菊、木茼蒿、毛鳞菊、蚂蚱腿子、小疮菊、鼠毛菊……这么多的菊花,这么多秋天的温暖,这么多金黄如阳光的花溪。百合也是,百合在咱们神农架山区是家大业大,名门望族,但都是那么清香远溢。杜鹃也是啊,这么多春末夏初才会在咱们那儿开放的杜鹃,是血染就的,让我多浇灌你,用我的血。

板蓝花成双成对,弯着它的花卷筒儿,就像引诱你误入花筒中。在秋天割蜜和采摘五味子、猫儿屎、八月炸的时候,路边能碰到多少紫斑风铃草,风中的铃声亮得发紫。常山是花中结出的果实,这花瓣包裹的果实,这艳丽的秋花与秋果,你是多么神奇。伞状的柴胡花,黄得晃眼,远看像油菜花一样,大富大贵。

紫玉簪像是紫色的幌子拉开在田野,这花的幌子,这缀满花枝的玉簪子,我好想插在花仙老师的头上。尾萼蔷薇是最易招蜂引蝶的那种，看啊，它们引来了天上团团簇簇的蜜蜂，神蜂，它们的开放无所顾忌，城门大开，就像小妖精。

虞美人是野山的妖姬，它像扭曲的女人的唇，是印在大山的唇印。虞美人就是传说中的虞姬，一个古代拔剑自刎的烈女子，这是你生命的献祭……

扇柄杓兰花，你在高山上不畏严寒，在圆圆的扇状叶子中挺身而出，你的花大而美，格局好大。蕙兰的香这么浓艳，像成熟的村妇。地丁的紫色是从春雪里开始亮起来的，它不怕寒冷，它趴在地上，但它最早嗅到春天的气息，这无比勇敢却低调的花，没有太多的名分，可紫花地丁是早春的信使。

缫丝花是野花中的贵妇，它大、圆、厚，华丽至极，是弃在野地的富婆。八角茴、木姜子花、瑞香花，它们开花过后是流蜜的日子。

吊石苣苔花吊在树上，从苔藓里长出来，洁白的花瓣透着红线，腐朽与神奇都在一瞬间。

卷丹的花色好像虎皮斑纹一样浓重，它伸长如蛇的花萼，翻卷的长度是那么潇洒自信。独活的伞状花序成簇地白，像是有人将它们分成了若干份，安装在每一根茎叶上。它们独自摇动的时候，没有一丝风，它们是植物中会动的精灵。

这是柳兰吗？你的紫红那么纯粹，不掺杂念。这是棣棠么？这高贵宝贵金贵珍贵的花，金黄色的花，你就像是用金箔打制而成的，就是一味地金黄，却不懂香，就是恣意、任性，金朵满枝，不怕挤攘。

含笑在巧笑倩兮，美目盼兮。它不孱弱，紧实肥厚，浅黄花瓣，浅紫花蕊，坦坦荡荡。噢，凤仙、拳参、小小的鸭跖草花、马兜铃花、薯蓣、秋英——你八个方正之瓣的花，石竹的粉红、亚麻的浅蓝，都那么谦逊。千屈菜的大红大紫，美人樱的吵吵闹闹，蜂斗菜的蓬蓬勃勃，薰衣草的疯疯癫癫，栀子花的羞羞答答，小飞蓬的破破烂烂，荼蘼的凄凄婉婉……点地梅为什么叫喉咙草？你也曾经喊叫过？你在腐草间开出的花，是春天的喉咙。

六道木花萼的短刺，月季的尖刺，火棘的硬刺，采摘它们你可要小心。七里香，香七里；九里香，香九里。芍药的别名叫"将离草"，哦，将离草，我们将离别，见一次，别万世。萱草花叫忘忧草，采一朵，忘掉忧，我曾经采过许多放在我写字的窗台，插在空瓶中。高山海棠长在咕噜山区的乔木上，它叫断肠花。哦，想人想断肠，每到伤心处……

商陆花、胖婆娘腿花、大蓟、七七芽花依然盛开不败。深烟色的天空上，星云翻滚，黄芪、金钗、头顶一颗珠、七叶一枝花、江边一碗水和打破碗花花依然劲鼓鼓地在腐殖质中生长，春兰、蕙兰、扇脉杓兰、火烧兰依然芳香尽吐。血皮槭、鸡爪槭将越长越高。所有树林里的灵魂都聚集在这里，没有逃遁和悲伤。到处是生存的智慧，自然的光辉……

林中速写

一

　　香溪河的嚣声，像没完没了的杀戮，满河的水和石头都是愤怒。那些河水下滩的声音，我往生命的激情上想，它们同样是伟大的。在这里，所有的生命都非常强势，显示着它们的能量，攥住劲儿生长，高旷的星空在窗外像奔腾而来的钻石，寒冷却有着它的执拗劲儿。巨大的山峰和黑暗的森林，拱抬着沉重的、宝石累累的天空，不让它坍塌下来。在这里，可以看到宇宙的真相，在没有星空的那些城市，人们并不知道山体和森林付出了多大的代价，才能让天空如此高远，迷蒙的星星才没有坠落下来。

　　山很安静，有时候，忽略掉香溪河的声音后，在没有下雨的时候，香溪河的声音比较轻言细语，仿佛是个疲弱的人在赶路，有赶不完的路。那种旷世的安静就像是人飞升到天空，周围没有任何障碍，整个肉体世界和精神世界一马平川。但是高寒山区的风横扫森林和群山的时候，会发出呜呜的吼声，像一个女人的惊悚尖叫。每天夜里，你若是倾听，都会听到群山发出的一阵阵怒气，这是荒野的吟唱，是它们狂热、单调的语言。一座山会如此深沉，那些过往岁月的回忆会如此雄壮，经受过煎熬和痛苦，但它只是在半夜发出类似巨人的呓语般的吼叫，然后，它会睡去，仿佛盖着厚厚的毡子，温顺地蜷伏着。生命如此善良，愈是久远的生命愈是善良，而且有着耐心，漫山遍野、年复一年地活着。

天亮大约是在六点的时候，竟没有一点延迟，一寸一寸地到来。那种从漆黑到白昼的神奇变化，悄悄来临而无形。灯光下，没有黑夜，只有山冈和荒野，因沉默才如此敏锐和真实，像命运一样让人挺住才能够对付岁月。让人在心上磨着，对白昼的渴望会成为偏执的想法，荒村的鸡叫不是白昼的开始，那是更折磨人的一段时间。

鸟的叫声开始时就是天亮的真正开始，鸡叫的时候天还是漆黑一团。只要鸟开始叫，山里就会有醒来的鸟兽人声，白昼的力量非常强大。深夜也偶有猫头鹰的叫声，但天亮时，最早叫开的是一种小鸟，叫柳莺，轻言细语，像报到的小学生。白

颓噪鹃的"嘧嘧"声呈丝絮状，拉扯不断似的，像一个孩童误吃了辣椒。有一种鸟，我还没弄清它是什么鸟，发出"哆哟哆哟"的叫声，一声一声，不紧不慢，不卑不亢，在稀落的晨光里，就那么一寸寸叫着，泅进白昼。有一种鸟叫着"溜溜圆，溜溜圆"。有一种鸟叫着"乖乖，乖乖"，它叫谁乖乖呢？但每一种鸟都不急于发声，像很懒散的人，宿酒未醒的人，叫的是神农山区的方言，没有汉字可以对应，大致如此。有一种鸟叫"酒呀，酒呀"，另一种鸟叫的是"酒上没，酒上没"，这两种鸟都是酒鬼转世。有一种鸟虽然急迫，发出"滴滴滴滴"的声音，但喉咙婉转，有几个弯儿，转得缠绵，细细的喉咙里有千山万水。连鸡的叫声也受到感染和熏陶，比平原的鸡叫得好听，夹杂在那么多鸟的叫声里，鸡们也叫得清脆，清亮，雄壮，悠扬，像游龙一样，一下子冲上了山巅……

雨下了两天，天终于晴了，推开窗，东山红了，是红雾。云雾浮在早晨的山间，一动不动，山和草木也一动不动，它们有着难以想象的定力，这是它们千万年修成的。

将清晨从山后和河边采来的野花插到那些空瓶里，有酒瓶和佐料瓶。黄色的千里光的花朵像伞状，这是神农山区的几百种菊科植物中的一种。萝卜花是十字花科，紫色的花朵坚挺，白色的是马兰花，就是咕噜山区的美味野菜马兰头。但更多的是神农香菊，有一股逼人的清香，满坡都是，路边一线线全是。晒干后做枕头芯，可以治失眠。

天晴后，云在山顶形成孤云，仿佛故事结束了。雨水在溪沟中奋力奔流，发出的响声是对这几日暴雨的总结，声音真诚清亮。那些秋天的野花赶紧开，空气中传来浆果羞怯的甜味和落叶绝望枯萎的气味。但森林里的常绿植物很多，高大的巴山冷杉和秦岭冷杉总是绿的，黑沉沉的绿，从来不肯枯萎和凋谢，一百年一千年来都是如此。只有一两株经受不住光阴的折磨，死了。死了还是站着的，孤零零地、枯黄地、干瘦地站在石头上，没有针叶，只剩下发黑干枯的顶端，但这丝毫不影响那些冷杉林的雄壮和伟大，不会让人太过伤感。大量的常绿树在悬崖上，在深切的河谷间，白楠、红楠、青冈栎、丝栗栲、橡树、木姜子、荚蒾、水丝梨、马醉木。还有那些油亮的灌木，黄杨、羊母奶、老鼠刺、悬钩子、水马桑、忍冬、醉鱼草。

那些藤本有勾儿茶、串果藤、大血藤、钻地风、青风藤。老鸦枕头果、猫儿屎、松果都有它们的清香，猫儿屎和八月炸、五味子我都吃了。在山里，有晚熟的各种果实。红色的苦糖果，紫色的忍冬果，红色的海棠、火棘和南赤瓟……

森林里果实掉落的嚓嚓声，像是有一个隐形的人在收拾着林子里的东西，准备回家过冬。你也许会有一种由浅入深的孤独感和警惕感袭来，但这很美妙。

有一天，我对这片森林带着一些信任注视的时候，发现树叶红了。先是一些黄色，再是一些浅橙色，峡谷吹来的风往身体里灌的时候，对季节的转换心里会咯噔一下。还有水，水凉如冰。在夏天，这儿的水因为是从山缝里钻出来的，会格外砭骨，这儿的水是"冷血动物"，但囤积在水桶里以后，会温和一点。水是可以直接喝的，我试过多次，肚子没有坏掉。水无论在任何时候，都丰沛如初，充满激情。森林涵养了太多的水，加之这里雨水充足，几乎每天下午都会下一场，雨不大，一阵，把空气滋润了，又会停住。然后云雾就腾上来了，雨水唤来了大量的白雾，峡谷和森林里永远像一个大锅炉。云往一个方向飘动，或者凝滞在山谷里一动不动，就像用筷子打松的豆花，仿佛这里是神仙们住的地方，是仙境。我没有看到过仙境，但我认为这里就是仙境。任何人都好像很难到达这里，只有鸟、猴子和在此隐居的不多的山民，稀稀落落的几个人，守护着这片大山。那些山上的箭竹，一丛一丛，间隔是那么均匀，仿佛是人工种植的，但这是谁莳弄的呢？大抵是神仙。

二

我看见一只小小的林麝，当我与它相遇时，它站在一块石头上啃食苔藓。它有着乌黑发亮的皮毛，警惕的大眼睛，直竖张开的大耳朵、黑油油的嘴。后来它受到了什么惊吓，从高高的树上跃下，跳到一块大石头上，越过了一个高堑，就像飞起来一样。人常说：麂跳八尺，獐跳一丈。它们善于跳跃，只在清晨和黄昏出现，生性胆小。它们经过时，因为惊慌，会留下浓得令人打喷嚏的麝香味。它会爬树，站在树丫上。它那双远离世界的野地的眼睛，啃吃自然草木的黑色嘴唇，它的身体为何会佩戴如此香的珍宝？它的眼睛、动作，都那么洁净，皮毛闪着黑黝黝的缎子样的光，充满质感而又松软，富有弹性，像真正的诗歌一样，像盖瑞·施耐德的诗句，"烟雾漫下山谷……冷杉果上，树脂闪光／越过岩石和草地／新生的飞蝇麇集……""饮着锡杯中冷冽的雪水／穿过高旷宁静的空气／俯瞰千里"。喝一杯雪水就可以俯瞰千里，是一种什么样的胸襟啊！雪水会让你高瞻远瞩。

"在蓝色的夜里／霜雾，天空因月亮／而发光／松树冠弯向雪蓝，淡淡地／融入天空，霜，星光／靴子的嘎吱声／兔迹，鹿迹／我们知晓什么"。

森林里的东西，我们真的什么也不知道，那是我们祖先远古的家当。那些草木、山川、河流，远离了我们。一些生活在这儿的遗民，与它们融为一体，看守着我们祖先的财产，却不知道它们的珍贵和秘密。那些来自神明对大地生命的悸动，苍

穹下沉默的群山，是静止的神祇，它们因静默而庄严优雅。竹鼠在竹根下噬咬，鹰在峡谷盘旋，鼯鼠在林中滑翔，鸣禽在大喊大叫，松鼠在树上神经质转圈……这一切，对我们究竟意味着什么？

美丽的旷野、山冈、峡谷和森林，到处是断裂的石峰。隐藏的树林，飞泉流溅，矿脉闪耀，蒸气弥漫，没有像一座山和一片森林那样更充溢着生命的激情了，它流水丰沛，源源不断，它的生命深邃、绵延，永远有着大自然赋予的青春。

露水在每一片针叶上凝结，在针叶和阔叶上闪耀，花开得如此千姿百态，它们凭着自己的坚守和创造，点亮自己，不屈不挠。

……你注视着一只松鼠。落叶丛中放置着一挂黑色的果实，那是时间的结晶，也是祭奠。天开了，树枝渐渐撩开天空的窗帘。雪鹰从远处飞来。在死去的树蔸中，生长着一丛水苎麻，蕨类水淋淋地布满了凹进去的地方。一丛更大的蘑菇，带着斑点，伞沿是一圈白色，好像可以吃。在一棵树的腐朽的虫洞里，金色的蘑菇伸出来，就像金子。它们长得像牛仔帽一样潇洒多姿，俏皮好玩。它们的性格就是好玩。另外一些红色的菌子像是蛤蜊趴在树上，上面缀着大叶藓、地钱等苔藓植物。石蕊地衣和卷梢地衣在栓皮栎上恣肆狂欢。两棵白色的伞菌姿态最优雅，如知识女性。但谁都不敢走近，连苍蝇也不敢，它们是有毒的。一棵橙黄色的大蘑菇，从腐殖质中冲出来，傲然挺立。森林绝不是阴柔的，一定有悄悄的雄激素，一定有英雄主义，有莽汉，有男人的魂。那些死去的种子和精子，会变成植物再次出现在这静静的森林中，这沉默的世界里。

一只木耳像一只透明的耳朵，聆听着这森林中的动静。它靠在树干上，透亮。树根像巨龙从倾圮的老墙里爬出来，开始向前游走。它们毫无忌讳，从前面的大门围着墙壁爬到后门，像是一条大蛇，一条半扎进土里的蛇，让人恐怖。它们不想钻进土里，它们就是要扶着断墙，一步步将这个老房子抱住，用根，用令人胆寒的根。因为人退出这里后，它们变得骄横，从土石里拱出来，这是荒野给它们的力量。树根是属于荒野和废墟的。一些黑鸟在虬枝盘曲的柿子树上乱飞，它们的屎落满屋顶。重要的是，它们占领了这儿的天空，它们的存在比太阳更强烈，加深了这儿的荒凉，是为这个屋场唱哀歌的。它们属于怀念和回忆。回忆之翼是黑色的，就像这些黑鸟，盘旋在旧屋之上，栖息，飞翔，歌唱。

秋雨像回到了又一个四月，青苔依然在裸露的树根上生长，响泉中的石头上，青苔也跨过去了，在这人迹罕至的地方，它们膘肥体壮地生长着，走到水中，爬到树上。有一棵树，快倒伏了，病病歪歪的，依然未死，它的身上，全是苔藓和蕨类，看不出是什么树，它以为自己就是苔藓和蕨。生命活成了异类，融化在所有植物中。

天晴时，抬头一看，整个群山都在红色、黄色和金色中。群山和时间的炼金术，让这样的秋天展现在极少数人的面前，让他们享受着这大山的气势。这漫山遍野的活色生香的红叶，这一树树如火如荼的灶膛。阳光已经泄露出来了，树叶少了，天空显得开阔而深邃。

我们在森林里、山坡上到处跑，大把大把地采来了香菊、千里光、白酒风毛菊、黄鹌菜花、打破碗花花、火绒草花。山崖上还有好多紫色的风铃草花、黄色的空心柴胡花、迎风招展的一串串玉簪、大火草，还有白色的四瓣地雷根花、龙爪花、忍冬花、接骨草和藿香草花。还有地上的那些落叶，通红的鸡爪槭、乌桕叶、黄栌叶、红枫叶，都捡拾起来。

山上还有许多野菌，鸡油菌、重阳菌、马鹿菌等。马鹿菌极像马鹿的角；重阳菌在砍伐过的树蔸上，又多又好吃，我们也叫雁鹅菌，雁鹅飞来时，这种菌就生出了，浅黄色的，加腊肉一锅炖，香满一个坡。还有晶莹剔透的鸦巴果和酸酸甜甜、一身虎纹的酸叶秆。

雀鹰在上空盘旋，大铁坚杉的树根从土里拱出来，像一条恐怖的大蛇。花朵和果实毫无忌讳地拼命生长，从不炫耀，在漫长的岁月里，它们像山里的人一样美丽结实地活着，等待人类幡然醒悟，回到它们的襁褓中。

雨雾在山谷里沸腾，白色的云烟飘到山腰，沉入谷底，又从另一个地方浮起来。云很轻，很白，好像还会有雨，因为雨云在聚集，向上冲，要冲到天上，再落下来时就是雨。这是一个雨与云彩互相搏斗的混乱山谷，像大河奔流，气势汹涌。山谷显得格外诡异，格外阴森，格外深邃。岩上的巴山冷杉像在天上，一棵巨大的冷杉斜刺进黛青色的天空，有如一个英雄手持长矛与天作战。有潮湿的菌类气味和浆果气味在空气中流淌，很重。

哦，看，山像切割的条状腊肉，山民们腌制了一整个山冈。山峰如锯，犬牙交错，在阳光下像一尊尊怪物，站在森林里。云在远方翻腾，永远是这样。山像一个火山口，腾出永不止息的烟雾。我不能不在这仙境里。

山与森林保持了天地初创时期的那种羞怯、简洁和坚贞。从地衣苔藓到每一根根须，它们在石头上开疆拓土长成一片森林的漫长过程，是严酷岁月的见证。那些冰凉的石头深处，刻着寒冷岁月敲骨吸髓的记忆，古老的时光与我们的呼吸节律是一致的，我们的心跳就是森林的心跳，这让我们与天地保持着平衡。

　　一夜风声如吼，一夜星空如殿。银河倒悬，万山幡幡，松涛呜咽，天地相应。想起东坡《赤壁赋》："寄蜉蝣于天地，渺沧海之一粟。哀吾生之须臾，羡长江之无穷。挟飞仙以遨游，抱明月而长终。知不可乎骤得，托遗响于悲风。"东坡定夜夜枕星空，瞰长江，人何渺小，心何飘忽。

　　这些山上的植物被大雨洗过，全都干干净净，安安静静。仿佛在说，再也没有比我们更干净的了。它们露出了最销魂的沉睡姿态。睡吧，睡吧，这初冬兜头的一场雨。白雾白得像刀子刮过的骨头，陡峭地上升，毫无规则地飘动，像懒狗的魂魄。此刻你在山中，刚经受了一阵雷暴，溪河猛涨，飞泉咆哮，宁静的山冈像玛瑙一样发亮。如此盛大庄严的淋浴，不信洗不净人间所有的撕裂和屈辱。

　　云彩闲静得快昏过去。一个打草人的背篓遗忘在山中。石头上的大树靠什么站立和扎根？苔藓越来越干，雨季过去了。有云像偷牛贼爬上了山脊，它们在窥伺着，准备行动。水声在远处，在峡谷深处激荡。有鸟的叫声往山那边移去，叫声像无形的云，滑下山谷。

　　"山中何事？松花酿酒，春水煎茶。"皓月凌空，星汉倒悬，枕石漱流，醉卧花影。我热爱所有山中事物,毫无悲秋,没有感伤。

三

强脚树莺是森林里的饶舌妇，每天清早就在你窗口查户口了：你是谁，你是谁？森林里充满了这样的闹剧。强脚树莺全身褐色，隐藏在杜仲树上，跳来跳去，仿佛身体里有一个小小的马达。黄腹的棕背伯劳发出嘹亮的斥骂声，像个愤青，并发出极漂亮的颤音。白鹇鸰的叫声生硬干脆，像未见过世面的愣头青。两根长眉的黄喉鹀像森林的长老，仿佛活了一千岁，但秀丽过人。霞光金箭一样地射下来，从云层里飞出的鹰，坐在气流上，潇洒浪荡。森林缄默，山冈静止，只有光流在天空飞舞。

湿漉漉的太阳突然跃上了山巅，峡谷里突然明亮，风若有若无，几株高大的柿树上挂满了红彤彤的野柿子，像一个个小气球。架在一起的苞谷秆堆在田垄下，东一堆，西一堆，给单调的山坡增添了戏剧情节。峡谷边有几株被阳光刷得黄绿黄绿的八角茴和土梿树，而其他的一概覆上了白霜。是霜，不是雪，雪还没有到来。中午的太阳一样会暖人，人们的心里有阳光，像苔藓一样淌着清澈的水。

有一条蜿蜒的山路，从那个梁子下来，亮得像玻璃，看久了会无缘无故地眼湿。早晨，鸡在嗡嗡地叫，一棵大叶泡桐挑着黄色的树籽，一根青桐则苍劲着，甩掉了树叶和枯枝，显示着与冬天对峙的力量。寒冷的牛栏被太阳抚摸，可怜的牛看到

了阳光，连反刍也充满着感激。家狗因为夜里紧张，许多野兽下山，它会狂吠，但无力出击。现在，在早晨的阳光里，它终于放松了警惕，将守卫的事交给醒后的人。它安详舒服地睡在草垛下，把鼻子伸出草缝，晾在阳光中，鼾声如雷。如果有生人，如果有盗贼，它也不会醒来吠叫，它信任白天。早晨非常松弛，像老化的皮筋。到深秋，一切都是懒洋洋的。快进入冬天了，有一种树倒猢狲散的氛围，仿佛那些大树都会因为瞌睡而摔倒。

响泉从山崖跌入更深的香溪河。白茅在老，秋花正艳。这里的石头上印满了远古海洋生物的花纹，但现在，树在石头上生长，也有人在石头上磨刀。在生命爆炸的白垩纪、侏罗纪，海洋汹涌澎湃，现在一切都结束了，新的生命正在诞生……

在森林里，树叶掉落时的沙沙声，如此美妙。它们的叶脉，如同肌肤与凝脂中蓝色的经络。一只蚂蚁拖着割断的一块绿叶。水从苔藓上往下滴。一只蜜蜂衔着一颗亮晶晶的水珠，赶回去喂养它的同类。一群群的香菊像一个个金色的漩涡……我从来没有对季节如此敏感过，我第一次沉浸在季节里，大自然的季节原来如此绚丽，让人肝肠寸断，心涌爱意。我爱一切，我无恨……

在森林里，在荒野中与山雀对话的人，他属于自然。他回归了自然，像一根草。

在我的身体里，许多过去看似有用的东西在崩溃，而又有许多东西在悄悄重建，这是森林的法则。在这里，语言几乎等于行骗。或者，你在这里生活过后，再也不愿意对谁表白和发言……

我听到了田坡中传来的歌声，那是劳作的女人在向山冈表白：哥在山上放早牛，妹到园中梳早头。哥在山上招一招手啊，我的哥哥啊，妹在园中点一点头啊……哦喂。斑鸠无窝满天飞，好久没有在一堆。说不完的知心话呀，我的哥哥啊，流不完的眼泪水。铜盆淘米用手搓，难为我的情哥哥。有心留哥吃一顿饭啊我的哥哥啊，筛子关门眼睛多……

晚霞像一堵金色的墙打在山壁上，彩虹像弯曲的门廊，在渐渐发蓝的天空中颤动，带着古老的欣喜降临在这里。晚霞胜利了，它掠夺了整个天空。青色的云团完全烧红了，像是熔化的铁水倾泻下来。

河流宛似一汪散黄的鸡蛋在峡谷里流淌。

蔚蓝色的冬夜，星空寂寥高旷，遥远神秘。我想起庞培的诗句："星空像古老的刑具。"可它钳制的是秩序，群山的秩序，这是需要的，没有，河水就会倒悬。山峦像蓬松的鸟羽，冰封的河水已经无声。一切无声，狂风偃息，月牙在那儿亮晶晶地挂着，像神仙丢弃的半圈戒指。冻得发硬的青苔的气味从后山漫来。

一个金色满山的初冬，在许多峡谷里，生长着郁郁葱葱的常绿大树，虎皮楠、马醉木、青冈栎、丝栗栲高齐云天，而红桦、槭树、黄栌金黄耀眼。在森林深处，还可见莱葀和红光闪闪的火漆果、裤裆果、哑巴果、权权果也时有挂在枝头。胡枝子紫色的花串还很热烈，刺得人眼睛无法睁开。它们的花瓣高扬，自由，俯仰，坐卧，那么娇艳。一串串的甘葛龙，高高擎起它们花的火炬，瞿麦粉红的花丝散开，像女子的头发，它叫抚子花，它就是那些女子的刘海。黄色的败酱草花是最泛滥成灾的花，开得如平原上的油菜花海。野牵牛小小的喇叭像紫色的精灵，单薄柔韧，矜持沉静，它们在对抗冬天的到来。

我们采苦糖果，去酿制香喷喷的果酒。我们捡金樱子，用手搓掉毛刺，剥开来吃，也采了不少与苦糖果一起回去酿酒。

火棘通红，一树一树，坚硬的果实像是玛瑙雕成。南酸枣我们叫鼻涕果，也是去酿果酒。红毛丹猴子爱吃，它就叫"猴喜欢"。

乌桕的果实白瘆瘆的，很坚实。苦丁茶的果实藏在油亮的绿叶下不肯出来。卫茅小小的红果像流星锤一样。蓝色的山矾很漂亮，还有紫珠，就是生长的紫玉，结实，铁一般的，不会坏掉。它们那么有骨气，那么坚硬，它们的结局那么美好。还有金钩钩，就是悬钩子，还有枸骨果……野火棘的果有点像苹果也像山楂的味道……

蛇在树上晒太阳，积蓄热量准备冬眠。两只麂子在交配。雄性红腹锦鸡将长长的尾翎拖在地上，在草丛里追逐着异性，叫着"茶哥，茶哥"。

中午，太阳变得明亮暖热，怂恿万物尽快圆满自己的生命，浓密的植物散发出丝丝热气，像狗的身子。火星一般洒落的阳光，在草丛里吱吱地响。我们在满坡的胡枝子、满坡的抚子花和败酱草中间，手举着一串一串的果实，怀抱鲜花。山色艳丽，峡谷的风掠过山壁，从一棵棵果实上滑下，这晶莹饱满的世界。

神农架读碑人

神农架有一批执着探索本土文化的热心人，成果卓著，有的还"闹出了"世界影响力，如发现、整理汉民族神话史诗《黑暗传》的胡崇峻。我现在说的是一个叫但汉民的人，他冷不丁出了一本让人瞩目的书《神农架边游边话》。这是一本奇特的书，因为这本书是但汉民研读神农架深山老林的老碑后写的一本心得。在这本书的扉页，有这样一句话："如果您想进一步了解神农架，这本小册子是本绕不开的读物。"

读完这本书，我才知道此言不虚，真真切切。而且这是一本不可多得的神农架文化之书。

我在神农架挂职时，但汉民是即将退休的区委宣传部副部长，是在武汉办过画展的画家。林区宣传部安排他陪同我下乡采访，他与胡崇峻就成了我的忠实同伴，我们三人经常进入深山，一走几天，走在哪儿便在哪儿找农家歇息。但部长手拿速写本，山里的东西都成了他速写的对象，山、树、河、农家、农具、农民、动物、飞鸟，甚至地图。还有碑形、尺寸。他边画边记录，钻进草丛、灌丛，还要趴在泥地上、青苔中拓碑、拍照。我当时就想，这是个有心人，不热爱神农架文化，是不会这么下劲的。但汉民当过县一中校长，还当过文化局长，干的都是与文化有关的事；平时不爱说话，但到了森林中，就会发出长啸，兴奋得像个孩子。有一次，我们一同下乡，走累了，坐在一农家门口。本来没见着狗，突然有条狗从厨房窜出来，也没吠叫，径直朝但部长腿上就咬了一口，又迅速开溜了。但部长捋起裤腿，咬的地方渗出了殷殷血迹。这是一定要回松柏镇打狂犬疫苗的，为了赶路，但部长执意不肯，说山里的狗不会有狂犬病，就用清水冲洗了一下，又忙着赶路。这是我特别愧疚的，至今都担惊受怕。时间过去了二十多年，想来是不会有什么问题了。如果真的感染了狂犬病，后果不堪设想，我将永远无法饶恕自己。

我回武汉后，常同但部长联系。他夫人是武汉人，他也常常过来，我两人小酌。他告诉我在写一本我们一起同行时，关于神农架一些文化的书，有许多他的考证和心得。后来，这本书终于出版了，就叫《神农架边游边话》。

神农架的历史，这些年来被许多人似乎写尽了，可是，神农架又是人能写尽的么？神农架穿过原始森林的川鄂古盐道，电视都直播过，可但汉民这本书里，关于古盐道的盛衰、古盐道神秘传奇、古盐道风土人情、盐道上的歌谣等的描写，就与众不同，均是作者搜集的第一手资料，先是采访，再是史料，再是碑刻，主要是墓碑上的文字。但汉民在书中记载他采访过至今还活着的背盐工，九十多岁，神农架人叫他"盐脚子"。这位背盐工讲到他一次可以背两三包盐，有四百到六百斤。我过去听到过，但不相信。听说背盐工用打杵，"上七下八"，即上坡走七步、下坡走八步就要打杵休息。这从四川回来的一趟，翻山越岭，何其艰难，不敢想象。此老人应该是活化石，活碑刻。再比如人们熟悉的神农架古寨堡、人洞子、玉皇阁、净莲寺，但汉民以自己艰辛的足迹作为线索，写它们的前世今生，用的不是介绍性文字，而是散文与考证相结合的笔法，加了许多注释，既有学术性，也有文学性，读起来显得资料翔实，旁征博引，视野宽阔，令人信服。这在林林总总的关于神农架的书籍中是寻不到一点蛛丝马迹的。有的是有迹可循，如塔坪，外地人都知道有这么个地方，是川鄂古盐道的一站，是长寿村，出过亚洲第一寿星龚老幺，有一座已毁的唐代砖塔等。可是但汉民笔下的塔坪不是这些，他首先就颠覆了关于塔坪名称的来历，他认为塔坪不是"塔坪"，而是"塌坪"。他在许多墓碑上、口述中，还有其他碑刻上，找到了确切的证据。在神农架，往往是泥石流崩塌后形成新的土地和村庄，一场自然的灾难催生一个新地名，这是神农架恶劣的生存环境和自然生态所决定的。同时也是神农架人永不屈服于命运摆布的坚强意志的体现。寻找一个字，就是在寻找我们民族的一种精神，一种呼啸于山野的不死魂魄。同时，也把一个地方的盛衰来历、历史故事弄个明白。

——关于"确切的证据"基本来自墓碑，墓碑不会说假话。但汉民的这本书，就是对一块块古老断碑残碑的解读，对淹埋在森林和青苔中的历史的抚摸。书里有许许多多的墓碑的拓片，还有一帧但汉民剥藓读碑的照片。在《塔坪一日》中，作者有这么一段文字："我们踏着青苔蔓草，寻找和解读能找着的石刻文字，阅读藏在深山林莽、畎亩农舍旁的塔坪历史，破译塔坪历史的密码。"把"塔坪"二字换成"神农架"，就是此书全部的精华和意义之所在。

在这本书中，我们看到了神农架一些姓氏的来历——这些姓氏的祖先是如何进入到神农架茫茫林海、莽莽大山的。我们看到了神农架人口的组成，由那些先民的创业史而探到了本土风俗人情的最终形成；看到了一些地名的来历；看到了求雨碑、禁赌碑、卖地契约碑、禁山碑、摩崖石刻……更多的是一些山民的墓碑。这些墓碑真的是一部神农架的历史，它的内容如此丰富，记叙如此精彩，让我们一下子就回到了那些遥远的"筚路蓝缕，以启山林"的过去。它胜过一部志书，它是有名有姓，充满了感情和血肉的形象化历史，真像哲人说的，每一个墓碑下都是一部长篇小说。如他在湖南沟记录的邓邦兴之墓的铭文中，讲述此人因贫从湖南湘乡迁来，"务农勤桑，贩卖兼商。虽属终日苦忙，常言运不当时，及娶万氏贤良，家运大异往常。始落业于天门垭"，然后置办田庄，经营四方，艰苦备尝。"一时高处收课，不少乔燕高粱；低处纳租，更多稻谷盈仓。居今以想，在日立行端庄，翁能正直一方；出言有章，翁能排解四乡。当其先，处贫贱，翁之志，不低昂；及其后，居富贵，翁之性，不颠狂。生平为事，果决可想。翁非柔懦无刚，处世威武不惧可想。翁不欺弱怯强……"这是一个在异乡创业有成的乡贤。在一块邓母碑中，记录这位母亲自幼"严守家规，后嫁从夫，孝养公姑，克勤克俭，助夫白手兴家……后置田庄于仓坪、草池沟、湖南湘乡，经营四方……容颜戒忌艳妆，性情悉泯乖张。内侍姒娌叔弟，宽宏大量，过则隐匿，善则显扬。下待侄男侄媳，慈爱温良，炎恐受热，冷恐受凉。闲亲戚客情，一宿两餐，未敢疏忽怠慢，款留叙谈，心不惮烦。忙用雇工佃客，背负肩担，即防腹饿衣单，提携照看，惠而从宽……"此母真是一个伟大贤惠的女性，碑上还记有待客细节，让人动容，但未曾生子，让夫娶二房三房，却毫无怨言，"不垢不嫉，厥后克昌"。这两块墓碑，简直就是一个家族的奋斗史，所记栩栩如生，生动感人。

在但汉民的《穷奔高山》一文中，他用无数墓碑上的文字证明旧时穷奔高山谋生的证据，诸如兵荒马乱，无穷惊吓；祖业早失，家计无生；盗匪扰乱，携子逃荒。基本是水旱二灾，

或者兵灾，或者家门不幸，逃于高山老林找活路，这片神农架森林，就成为了中国动荡历史中一些幸存者、逃逸者的天堂，是他们的梦想之地，疗伤之处，复兴之邦。

可以想见，但汉民通过墓碑去探寻另一部神农架史，是极有心的，极有远见的。我在神农架挂职期间，曾见过许多有价值的断碑石刻，有的成了小桥，有的成了墙角，有的砌进了粪凼。而我读到的一本行业志书中称，神农架修公路时，一大片明清墓碑，数百块之多全填进了路基，这是多大的文化损失，永远不可弥补了。好在但汉民先生的这番心血，作为抢救性也是开创性的研究，为神农架存档，是功德无量的事，其意义重大。由此我想大声呼吁，神农架这块僻远之地保存了湖北一带绝不多见的大量古碑，搜集它们已到了刻不容缓的地步。将这些散落在荒野中的碑石集中起来，办一个神农架古碑博物馆，将是神农架最好的文化一景。神农架除了是自然的和生态的以外，她也应是人文的。保护文化与保护生态同样重要。另外，该书中，但汉民用极具文学化的写实笔法，详细灵动地记录了神农架娶亲、吊冤、打火炮等风俗活动的全过程，还有一些他跋山涉水对神农架旮旮旯旯的有趣考察，也让人大开眼界。此书不仅只是对一般渴望了解神农架的游客有吸引力，更多的是对研究神农架历史和文化的人有很强的学术航标意义，对那块土地的过去，有重新认识的重大价值。因这本书，神农架在我眼中突然变得更厚重，更悠远，更神奇了。